이철순

이철수의 나뭇잎 편지

오늘도 그립습니다

2010년 12월 10일 초판 1쇄 펴냄
2011년 1월 3일 초판 2쇄 펴냄

펴낸곳 (주)도서출판 삼인

지은이 이철수
펴낸이 신길순
부사장 홍승권
책임편집 김종진
편집 강주한 오주훈 서정혜 양경화
마케팅 이춘호 한광영
관리 심석택
총무 서장현

등록 1996.9.16. 제 10-1338호
주소 121-837 서울시 마포구 서교동 339-4 가나빌딩 4층
전화 (02) 322-1845
팩스 (02) 322-1846
전자우편 saminbooks@naver.com
홈페이지 www.saminbooks.com

표지·본문 디자인 (주)끄레어소시에이츠
제판 문형사
인쇄 대정인쇄
제책 성문제책

ISBN 978-89-6436-023-1 03810

값 12,000원

이철수의 나뭇잎 편지

오늘도 그립습니다

한 해, 다시 또 한 해.

쉽게 변하지 않는 세상에서, 한 해는커녕 하루하루가 힘든 사람들이 많습니다.

낙망, 체념, 자폐, 자학, 자괴가 넘치고 있습니다.

자포자기의 자해와 자살과 분신조차 흔하게 보게 된걸요.

이런 세기. 이런 세계. 이런 나라.

어느 나라에 속해 산들 이 꼴을 안 보고 살 수 있겠어요?

점입가경이라더니, 갈수록 태산입니다.

행복해야 하는데,

사는 게 행복이고 존재가 기쁨이어야 하는데,

행복은 무지개처럼 멀리 있고 손에 잡힐 듯 잡히지 않습니다.

안간힘을 써도 소용없는 줄 알게 된 작은 존재들은 가뭄에 시드는 푸성귀 같고

얼어 죽는 겨울 풀꽃 같습니다. 아프고 슬픈 그림입니다.

이제 견딜 만큼 견디고 지칠 만큼 지쳤잖아요.

언젠가는 그럴 거라고요? 천만에요.

온 세계 어디서도 그 논리에 머물러 있는 한 자유를 누릴 여지는 없습니다.

도리 없습니다.

세상은 우리 편이 아니다.

그렇습니다.

그러니, 자신을 돌아보고 제 안에서 존재를 긍정하는 작은 빛을 찾아야 합니다.
거기서 시작하는 거지요.

아름다운 세상은 아직 멀리 있습니다.
언젠가 오게 될 그 세상을 미리 살아볼 수 있지 않을까?
우리가 꿈꾸는 자유롭고 우애로운 삶을 앞당겨 살 수 있지 않을까?
세상이 경쟁과 다툼 속에 있을지라도,
세상 어디엔가 따뜻한 나눔과 사랑이 있음을 우리끼리 확인할 수 있지 않을까?
내가, 혹은 당신이, 그 작은 시작이 될 수 있지 않을까?
그럴 수만 있다면 그래야지요.
그러자고 해도, 제 안에서 자기긍정의 힘을 발견하는 일이 급합니다.
내 안에 있는 뭇 생명.
내 안에 있는 세계.
나와 남이 다르지 않다고 하는 그 마음이 가능성입니다.
한 걸음씩, 자신과 이웃을, 긍정하고 또 긍정해야 합니다.
나부터 따뜻하고 자유로운 존재가 되기로 작정해야 합니다. 그게 시작입니다.
일해야 합니다. 땀 흘리는 모든 일이 길입니다.
땀 흘려 일하고, 세상에서 지친 마음을 쉬는 데 안간힘 다해야 합니다.

자기 이해와 욕심으로는 존재와 세계의 실상을 보지 못한다고 지혜로운 이들이 일러주셨습니다.

미래를 말하지만 가능성은 없는, 겉만 화사한 거리를 떠나야 합니다.
말은 화려하고 삶은 누추한 사람들 곁을 떠나야 합니다.
그 마음의 폐허를 떠나야 합니다.
소박하고 단순한 삶과 조용히 깊어지는 내면의 조화말고 다른 길이 있나요?
욕심 하나씩 내려놓기. 조금 더 나누기. 더 많이 행동하고 저항하기.

큰 불도 솔가리 한 줌에서 시작하듯 우리가 그 시작이 될 수 있습니다.
그 작은 시작을, 구체적인 삶의 변화에서 찾아야 합니다.
일상의 변화로 시작해야 합니다.
세상 눈치 보지 않는 데서 시작해야 합니다.
그러면 조금 행복해질 수 있을 거예요.
전 그렇게 믿습니다.

2010년이 저무는 어느 한낮에
이철수 드림

하늘이 건네는 다정한 이야기

고민이 있어도, 힘이 들어도,
생각할 것이 많아도,
일없는 듯이 하루이틀 쯤
시간을 보냅니다.
책을 읽거나, 이것저것을
정리하고 치우거나,
그래 방치해 둔 것들에
눈길을 주거나 하는
거지요. 그리 길지않게
대청마루에 다녀가는
겨울햇살이, 아내가
빨아널어 놓은 옷가지에
제일 오래 머물다가는
것도 보았습니다.
난초잎사이로 꽃대가
솟는것도 그렇게 알게
되었습니다.
한낮 겨울햇살이 다녀가고 나니, 조촐
했던 대청마루가 조금 누추해 집니다.

청수 軒

겨울 햇살

그리 길지 않게 대청마루에 다녀가는 겨울 햇살이,
아내가 빨아 널어놓은 옷가지에 제일 오래 머물다 가는 것도 보았습니다.
난초 잎 사이로 꽃대가 솟는 것도 그렇게 알게 되었습니다.

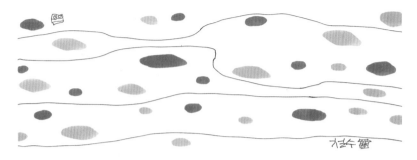

한 이틀 추위에도 공기는 짱하고 투명합니다.
마음에도 그 엄정한 기운이 들어와서 살아주면 좋겠다싶습니다.
세상탓하고 바쁜 살림살이 탓하면서 흐리터분해진 마음자리가
혼잣생각에도 마뜩치 않습니다. 그런 줄 알면서도 마음에 찬
물 뒤집어 쓸 생각은 못하고, 방안 공기 서늘하게 해두고 뜰에
나가 찬바람 만 맞다 들어왔습니다. 참 못났다. 참 못났다.

못났다

세상 탓하고 바쁜 살림살이 탓하면서 흐리터분해진 마음자리가

혼자 생각에도 마뜩치 않습니다.

그런 줄 알면서도 마음에 찬물 뒤집어쓸 생각은 못하고,

방 안 공기 서늘하게 해두고 뜰에 나가 찬바람만 맞다 들어왔습니다.

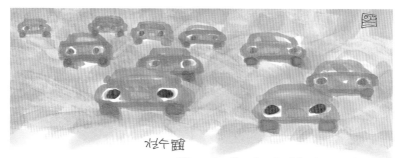

철수 圖

차선이 많은 고속도로에서 물보라를 일으키며 질주하는 자동차 떼를 보았습니다. 흡사 대초원을 건너는 누우와 버팔로들처럼 땅을 박차고 달리는 자동차 행렬! 초원의 초식 동물들이 그러는 것처럼, 한 방향으로 머리를 향하고 부지런히 달립니다. 가끔 쉬면서 목을 축이고 배를 채울겁니다. 사고도 있고 목숨을 잃기도 하지만 대다수 목적지에 이르게 될겁니다. 되잖어 돌아올때도, 무리를 이루어서 먼지를 일으키며 질주하게 되겠지요? 자동차떼에 속해서, 무리와 비슷한 속도로, 돌아왔습니다.

자동차 떼

흡사 대초원을 건너는 누와 버펄로 들처럼 땅을 박차고 달리는 자동차 행렬!
초원의 초식동물들이 그러는 것처럼, 한 방향으로 머리를 향하고 부지런히 달립니다.

오바마의 노벨평화상 소식은 타이거 우즈의 스캔들 만큼도 성공
하지 못하는 흥행성과로 마무리 된듯합니다. 수상연설문을 읽었습
'정당한 전쟁'이라는 개념이 있다고요? 철학자. 성직자.정치가
들이 고민해서 만든 개념이랍니다. 죄없이 생명을 잃은 평범한
사람들에게 라면 고민할 필요없이 '헛소리' 개수작 '입니다.
전쟁=평화. 그런 이야기를 평화상 수상자들에게서 듣게 되게
처음도 아닙니다. 세계 평화가 어디로 가고있는지 알만하지요?

헛소리

전쟁=평화, 그런 이야기를 평화상 수상자들에게서 듣게 된 게 처음도 아닙니다.
세계 평화가 어디로 가고 있는지 알 만하지요?

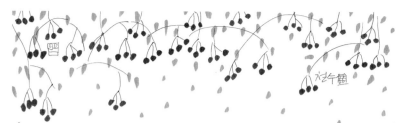

새벽마다, 서릿발 끼친 들 온통 눈밭처럼
시리고 투명합니다. 오늘은 땅이 흐립니다.
툴한통 받으려고 수돗가에 갔더니, 뒷고동이라
부르는 부동죠 꼭지도 꽝꽝 얼었습니다. 이제는
털추운날 한낮에 피리머리 툴받아 놓아야 하게
생겼습니다. 겨울잠이라도 자는 짐승이었으면
좋았을걸 싶은 때가 이때쯤입니다. 뒤란 에서
오줌통 앞에 섰더니, 안떨고 두었던 산사과나무
가지에 새들이 여럿 왔었다가 눈치껏 피했다
다시 돌아오고 다시날아가고 합니다. 먹을것이
넉넉치 많은 계절이라 언열매에도 눈이 가는 게
지요. 샤베트를 알 리는 없을 테고…… 겨울 평화를!

겨울 평화

뒤란에서 오줌통 앞에 섰더니,
안 떨고 두었던 산사과나무 가지에 새들이 여럿 와 있다가
눈치껏 피했다 다시 돌아오고 다시 날아가고 합니다.
먹을 것이 넉넉치 않은 계절이라 언 열매에도 눈이 가는 게지요.
샤베트를 알 리는 없을 테고…….

철수雪

추워요! 많이 추워요!
세상이 꽁꽁 얼었어요.
따뜻한데서, 따뜻하시기 빌게요.
그건 마음. 그건 말 모두,
우리에게 많이 있는 거잖아요
추워도 따뜻하기 빌게요.
추워서 더 따뜻하기 빌게요.

추워요

추워요! 많이 추워요!
추워도 따뜻하기 빌게요.
추워서 더 따뜻하기 빌게요.

예술하는 사람의 영혼은 어떤 색깔이어야 할까? 그런 생각합니다. 아름답고, 순정하고, 욕심도 적고 ……, 긍정적인 가치들의 총화가 그것이라고 하면 좀 허황하지요? 그저, 장사꾼의 영혼과 다르고 함부로사는 정치모리배들의 영혼과도 구별이 되는 색깔이면 좋겠다 싶습니다. 영롱한 오색도 생각없이 섞이면 칙칙한 잿빛이 되기 마련 입니다. 제 색깔 스스로 지키면서 빛은 더하고, 거친 현실의 풍화력에 맞서자면, 영혼을 추스르고 가다듬기도 부지런히 해야합니다. 그게 어려운가 봅니다.

영혼의 색깔

영롱한 오색도 생각 없이 섞이면 칙칙한 잿빛이 되기 마련입니다.
제 색깔 스스로 지키면서 빛은 더하고, 거친 현실의 풍화력에 맞서자면,
영혼을 추스르고 가다듬기도 부지런히 해야 합니다.

온전치 않지만,
제가 좋아하는 그릇입니다.

상급학교 진학을 두고 고민하는 친구들이 또 많습니다. 해마다 반복되는 일이고, 자라면서 누구나 겪는 일입니다. 자식을 키우는 부모 입장에서도 예외 없이 경험하게 되는 과정이지요. '성공'을 위해 어떤 선택을 하는 것이 유리할까를 고민하는 거지요. 좋은 결과를 얻기 위해서 이리 재고 저리 재 보지만 확신을 가지기는 쉽지 않습니다. 우리가 경험한 거지요. 질흙을 빚어 뜨거운 불길에 단련을 받고 나온 것들 중에도 이지러진 녀석은 있습니다. 성공? 실패도 소중한 것 아닐까 생각하고 있습니다. 실패와 좌절에도, 인생은 다 담깁니다.

그릇

질흙을 빚어 뜨거운 불길에 단련을 받고 나온 것들 중에도 이지러진 녀석은 있습니다.

성공? 실패도 소중한 것 아닐까 생각하고 있습니다.

실패와 좌절에도, 인생은 다 담깁니다.

먹성이 좋은 벌레가 큰강을 갉아 먹기 시작했습니다.
벌레 먹기 시작한 강은 이미 고통스럽습니다.
큰물 지지 않았는데 황토강이 되어 흐릅니다.
진물과 고름의 강이 이럴까? 이렇게,
국토의 죽음이 시작되었습니다.
침묵의 공범이 된 우리는, 주검과 동거하는 엽기의시대를
살아가게 될지도 모릅니다. 2009년 겨울 대한민국 입니다.

철수

벌레 먹은 강

먹성이 좋은 벌레가 큰 강을 갉아 먹기 시작했습니다.
벌레 먹기 시작한 강은 이미 고통스럽습니다.
큰물 지지 않았는데 황토 강이 되어 흐릅니다. 진물과 고름의 강이 이럴까?
이렇게, 국토의 죽음이 시작되었습니다.

성탄이라고 도시의 거리는 요란스럽지만, 가난한 마을의 겨울은 더 적막한 연말 언저리 일 뿐입니다. 누군가 들고 온 케이크상자에 매달려 있던 장식이 보이기에 출입문 밖에 압정으로 달아 놓았습니다. 굴 한 알 크기에 지나지 않는 그걸로 성탄을 축하하렵니다. 낮은데서 가난과 소외를 섬기는 이들 모두 거룩한 영혼이십니다. 마음에 떠오르는 그 모든 거룩한 존재들께 고맙다고 인사 드립니다. 도무지 거룩을 배우지 못하는 비루한 영혼을 조금 부끄러워 하면서요.

축 성탄

낮은 데서 가난과 소외를 섬기는 이들 모두 거룩한 영혼이십니다.

마음에 떠오르는 그 모든 거룩한 존재들께 고맙다고 인사 드립니다.

도무지 거룩을 배우지 못하는 비루한 영혼을 조금 부끄러워하면서요.

아무리 봐도 돈보다 사람이 작다. 사람은 값이
싸다. 귀한 물건은 많고, 귀한 사람은 적다.
사람은 아무것도 아니다. 돈보다 더 흔해서,
돈은 아무도 버리지 않지만 사람은 쉽게 버린다.
마음도 돈으로 표현하고, 사람도 값을 매겨서
사고 판다. 싸면 사고 비싸면 안산다.
싸게 샀다고 좋아도하고, 비싸게 샀다고 후회
하기도한다. 사람은 그렇게 사고 파는 물건이다.

사람

아무리 봐도 돈보다 사람이 작다. 사람은 값이 싸다.

귀한 물건은 많고, 귀한 사람은 적다. 사람은 아무것도 아니다.

돈보다 더 흔해서, 돈은 아무도 버리지 않지만 사람은 쉽게 버린다.

눈나라가 되었습니다. 눈쌓여 아름다운 세상이 되었다는 소식보다는, 눈내려 불편했다는 소식이 더 많이 들렸습니다. 생활이라는 말에는 편리의 비중이 더 크겠지요? 그러니까 잃어버린 편리가 제일 크게 느껴지는 걸 테끼요? 그것도 이해가 됩니다.

눈가래로는 감당이 안되는 큰눈이 내렸습니다. 외출계획은 모두 미루었습니다. 일 없는 날이 되어 버렸지요. 두어차례 눈밭을 치우다가 그만두었습니다. 소용없는 일이었거든요.

늘 그렇듯 자연은 오시는 눈을 말없이 다 맞고 있습니다. 산 짐승들은, 깊은 눈밭에서, 먹이를 찾아나서기도 할 겁니다. 아름다운 눈의 나라에서 우리 여러날 불편하게 지내겠네요?

김수 讀

눈의 나라

눈가래로는 감당이 안 되는 큰 눈이 내렸습니다.
두어 차례 눈밭을 치우다가 그만두었습니다. 소용없는 일이었거든요.
늘 그렇듯 자연은 오시는 눈을 말없이 다 맞고 있습니다.
산짐승들은, 깊은 눈밭에서 먹이를 찾아 나서기도 할 겁니다.

청수龖

햇볕 드는 한낮에나 잠시 온기가 있다가, 해지면
다시 서늘해지는 방안 공기 탓에 무릎이 시리다고
했더니 아내가 작은 담요 한장 가져다 주었습니다.
일하는데 거추장스럽겠다 싶었는데, "얇은 담요 한장
무시하지 마세요. 도움이 될걸요!"하는 바람에 무릎에
얹어두었습니다. 따뜻하네요! 아내 말을 들으면 자다
가도 떡이 생긴다고 했었지요? 따뜻한 위로·격려의
말 한마디도 작은 담요처럼 도움이 되지요. 엄동에 거리
에서 고생하는 사람들이 많습니다. 고생이 많으시지요?

담요 한 장

일하는 데 거추장스럽겠다 싶었는데,
"얇은 담요 한 장 무시하지 마세요. 도움이 될걸요!" 하는 바람에
무릎에 얹어두었습니다.
따뜻한 위로, 격려의 말 한마디도 작은 담요처럼 도움이 되지요.

좁은 뎃밭에도 눈이 얹혀 있는 날, 따끈한 차 한잔 받아놓고 나니 '설록차'가 떠오릅니다. 옛날 가난한 산중 절에서, 겨울 수행하던 스님들이 밤 깊도록 앉아 좌선을 하다 보면 늘 허기가 지더랍니다. 군불 지핀 솥에 더운물은 있어도 먹을 것은 없어 공양간 밖으로 나가보면 눈맞은 차나무가 보였다고요. 그것도 얼마쓸 거라고 눈을 털고 찻잎 한줌 훑어다 손바닥으로 썩썩 비벼서 뜨거운 물 부어 허기를 달랬는데 이름 그대로 '설·록·차'가 되었다는, 보성 노스님의 말씀입니다. 차나 한잔!

설록차

옛날 가난한 산중 절에서, 겨울 수행하던 스님들이 밤 깊도록 앉아 좌선을 하다 보면
늘 허기가 지더랍니다.
군불 지핀 솥에 더운 물은 있어도 먹을 것은 없어 공양간 밖으로 나가보면
눈 맞은 차나무가 보였다고요.

키 작은 마른 풀들
눈밭에 묻혀 버리고,
겨우 드러난 꽃대 위 꽃받침에, 하얗게 피어 있는 눈꽃 잠시 예쁘다.
추우면 오래 피어 있겠지마는, 바람 거칠어도 지기 쉽고, 소한 추위
에, 잠시 다녀가는 한낮 햇볕에도 조금씩 시들어 가겠지. 눈꽃.

눈꽃

추우면 오래 피어 있겠지만, 바람 거칠어도 지기 쉽고,
소한 추위에 잠시 다녀가는 한낮 햇볕에도 조금씩 시들어가겠지, 눈꽃.

고통이 모든것을 다버리게 한다는걸 안다.
산다는건 고통을 피하려는 안간힘이기도 하다.
슬픔도 뒤늦게 도착하고, 후회도 결코 일찍 오는
법이 없다. 추억이야 더 말할 것도 없겠지!
이 겨울중 어느 하루 밤새 거칠게 부는 바람에
무너질지도 모르지만, 아직 바람타고 서있는
마른풀이 바람에 지지 않고 흔들리며 견디는
것을 보았다. 아름다운 것들은 끝끝내 아름답다.
삶이 다하면 뼈로 견딘다. 겨우내 그렇게!

마른 풀처럼

고통이 모든 것을 다 버리게 한다는 걸 안다.

산다는 건 고통을 피하려는 안간힘이기도 하다.

슬픔도 뒤늦게 도착하고, 후회도 결코 일찍 오는 법이 없다.

추억이야 더 말할 것도 없겠지!

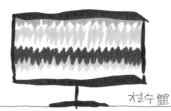

TV를 바꾸었다.
한 스무해 썼으니 오래썼다.
새 TV로 바꾸었는데도 여전히
하늘을 땅이라고 하고
땅을 하늘이라고 한다. TV도,
새것 사봐야 소용없다.
머리 깎아도
기억력 좋아지지 않더니만.

새것 사봐야

TV를 바꾸었다. 한 스무 해 썼으니 오래 썼다.
새 TV로 바꾸었는데도 여전히
하늘을 땅이라고 하고 땅을 하늘이라고 한다.
TV도, 새것 사봐야 소용없다.

사람 누구나 하늘아래 살고 땅위에 삽니다.
땅이 꺼지는 듯하다고 하면, 더할수 없이 크고
깊은 절망과 슬픔과 아픔을 말하는 거지요.
아이티의 대지진 소식을 듣습니다. 지옥이었습니다.
땅이 꺼지고 지축이 흔들린다는 절망의 표현이
현실이 되었으니, 거기사는 사람들 오죽 한상황
일까 싶습니다. 가난이 재앙을 더 키워놓았을
것도 짐작이 갑니다. 외세의 지배와 자의적인
개입이 가난과 재앙의 배경으로 어른거리는 것
새삼스러울것도 없습니다. 용케 살아남은 어린아기
의 슬픈 눈망울은 아무것도 모르는 듯 합니다. 죄없는 ……

죄 없는……

외세의 지배와 자의적인 개입이 가난과 재앙의 배경으로 어른거리는 것
새삼스러울 것도 없습니다.
용케 살아남은 어린 아기의 슬픈 눈망울은 아무것도 모르는 듯합니다.

내려 걸어가시는 뒷모습이 추운 날씨 견디기 충분치 않겠다
싶었습니다. 새벽차에서 옆자리에 앉았다 내리신
어느 시골 어른이 그랬습니다. 옷에서 풍기던 냄새를 도시
에서만 산 사람들은 악취라고 했을지도 모르지만, 아궁이에
불때고 살아본 사람들은 알지요. 그 냄새! 아직 방에서 좀
기다려서 나오라고 새벽 아궁이에 불을 더 넣어주고 나오셨을까?

그 냄새!

옷에서 풍기던 냄새를 도시에서만 산 사람들은 악취라고 했을지도 모르지만,

아궁이에 불 때고 살아본 사람들은 알지요. 그 냄새!

아직 방에서 좀 기다려서 나오라고 새벽 아궁이에 불을 더 넣어주고 나오셨을까?

대한 맡에 잠시 풀린 날씨가 반가워서 산책길에 나섰더니 버석거리던 눈밭에도 물기가 몰라왔습니다. 인적없어 새하얀 눈밭인 밭자리에도, 고추며 콩이며 깨들 베어낸 밑동이 줄을 지어 있습니다. 우리가 지난 봄·여름·가을을 그렇게 지났었지! 하는 생각을 했습니다. 비어 있는 눈밭을 가로 질러간 발자국은 고양이나 개일 테지요? 작물 베어난 그루터기주위가 먼저 녹아내려 있는 것 보면, 스러지는 존재에도 생명의 온기가 아주 없지는 않을지도 모릅니다. 마을길을 그렇게 한바퀴 돌아왔습니다. 이런 날은 겨울 한낮이 모처럼 다정하게 느껴집니다. 다정이 오래 가려나?

생명의 온기

작물 베고 난 그루터기 주위가 먼저 녹아내려 있는 것 보면,
스러지는 존재에도 생명의 온기가 아주 없지는 않을지도 모릅니다.

철수 鐵手

요즘은 이런 문고리 쓰시는 데, 많지 않지요?
집안에 문고리하나 빠졌습니다. 낡고, 세련된 맛은
없지만, 정겨운 구석은 있습니다. 무엇보다, 단순해서
쉽게 고쳐쓸수 있지요. 손보는데 대단한 솜씨나
기술이 필요하지도 않고요. 대신 조금 부지런해야
합니다. 단독주택에 살자면 주인이 해야할 일이
늘 있습니다. 그게 사는 재미 이기도 합니다. 못하나
제손으로 안박고 사는 사람도 있지요? 편한 것도
좋지만 소소하고 구차스러운 일도 나쁘지는 않던데……

세련된 맛은 없지만

집 안에 문고리 하나 빠졌습니다.
낡고, 세련된 맛은 없지만, 정겨운 구석은 있습니다.
무엇보다, 단순해서 쉽게 고쳐 쓸 수 있지요.
손보는 데 대단한 솜씨나 기술이 필요하지도 않고요.

몹시 추운 겨울, 찬기운으로 가득한 새벽 허공을 가르는 새 한마리 비행하는 날개짓이 힘차다. 견디고 이겨야 할 것은 이렇게 거침없이 떨치고 나서야 하는 거라고 하는 듯! 새 한마리 날아 저 편으로 사라졌다. 새들의 세계에서도 죽지가 상하고 다리 를 다쳐, 힘찬 비상을 접고 웅크린채 밤을 지새고 새벽을 맞는 것들 있을 거라. 날수 있으면, 힘껏 날아야지요! 허공이 여전한테!

허공이 여전한데

새들의 세계에서도 죽지가 상하고 다리를 다쳐,
힘찬 비상을 접고 웅크린 채 밤을 지새우고 새벽을 맞는 것들 있을 거라.
날 수 있으면, 힘껏 날아야지요! 허공이 여전한데!

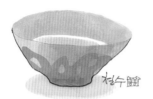

자주 길위에 있습니다. 한동안 그럴것 같습니다.
도시락 싸들고 다니지 않는한, 길위에 있으면 밥 한 그릇
해결하는게 늘 문제지요. 터무니 없이 비싸서 용납이 안되는
음식이 있는가 하면, 싼게 비지떡이라고 삼키는게 고역인
음식도 있었지요. 어디서 무슨 연유로 만나게 되었든 사람들과
만나 인사가 없을 수 없지요? 끼때마다 만나는 음식과도
인사하시는지요? 그래요. 인사 나누세요!
음식이 반갑다고 할겁니다. 내게 오기까지 음식도 사연이
있고 내력이 있을 겁니다. 가끔 그런것 들어 보셔도 좋지요.
얼마나 많은 음식이 내게되서 내가 되어 주었게요.

인사 나누세요

어디서 무슨 연유로 만나게 되었든 사람들과 만나 인사가 없을 수 없지요?

끼 때마다 만나는 음식과도 인사하시는지요?

그래요, 인사 나누세요! 음식이 반갑다고 할 겁니다.

내게 오기까지 음식도 사연이 있고 내력이 있을 겁니다.

우리 시대

중환자실이 그럴까? 응급실도 그렇지는 않던데…….

신음소리가 여기저기서 들리고 고통의 비명이 그치지 않는데, 들을 귀가 없는 걸까.

달려오는 발소리 들리지 않고 섬세하고 날렵한 손길도 없다. 보이지 않는다.

지하철 탈때 쓰는 이것 교통카드라고 하는 거지요?
서울행이 잦아 1회용 교통카드대신 여러번 쓸수 있는 카드를 만들었습니다. 카드 발급기 앞에서 어물대고 있었더니 곁에서 거들어 주었습니다. 시골생활 20여년이 서울을 이렇게 낯선도시도 만들었습니다. 그래도, 촌사람을 위해 기꺼이 친절을 베풀어주는 젊은 친구들이 있어서 괜찮았습니다. 지하철 노선도 앞에서 오래 경로를 확인하고, 지하철 풍경을 두리번 거리며 확인하는 중년들 중 한사람이 저예요. 지난번에는, 갈아타러 가다 출구로 나갔다가 되돌아들어 가기도 했습니다. 억울했지만, 가게에게는 통사정해도 소용없는 줄 알아서 다시 찍고들어갔습니다. 촌놈이 서울 오면 그렇게 세금내야 하는 거라고, 누가 일러 주었습니다.

촌사람

서울행이 잦아 일회용 교통카드 대신 여러 번 쓸 수 있는 카드를 만들었습니다.

카드 발급기 앞에서 어물대고 있었더니 곁에서 거들어주었습니다.

시골 생활 이십여 년이 서울을 이렇게 낯선 도시로 만들었습니다.

아이들에게는 놀 시간이
어른들에게는 쉴 시간이
필요합니다
놀지 못하고 쉬지 못하는
이유가 뭐지요?
노예가 아니라면
그래야 할 까닭이 없는터……
그렇겠지요?
우리를 부리는 무서운 주인이
있는 거지요?

무서운 주인

놀지 못하고 쉬지 못하는 이유가 뭐지요?

노예가 아니라면 그래야 할 까닭이 없는데…….

그렇겠지요?

우리를 부리는 무서운 주인이 있는 거지요?

- 감귤은 곧 상해요!
혼자 두고 먹기는
어렵겠지요.
그래서요!

아는 이가 보냈네요.
유기농 감귤입니다. 겨울 저녁에 한알 쯤 벗겨 먹으면 잡지
피부를 씻는 기분입니다. 농약 없이 키운 탓에 껍질이 깨끗하지
않아도 손이 많이 간 귀한 과일입니다. 귤 한알에 밤새도록
설레던 어린시절 생각이 납니다. 도무지 귀한 것이 없는
풍요로운 시대. 배워야 할 건 적절한데서 만족하고 사는
지족의 마음입니다. 조금 더 아끼고, 줄이고, 소박해지지 않으면,
유기농도 사치이기 십상입니다. 감귤은 얼른 나누어 먹어야 합니다.

감귤은 곧 상해요

굴 한 알에 밤새도록 설레던 어린 시절 생각이 납니다.
도무지 귀한 것이 없는 풍요로운 시대,
배워야 할 건 적절한 데서 만족하고 사는 지족의 마음입니다.

이틀 겨울비가 내렸습니다.
장맛비처럼 쉬지 않고 내리는 비구경을 하며
종일 바빴습니다. 우중에도 우체부가 다녀가고
마을의 이웃이 다녀갔습니다. 세상살이는 사람들
속에서 사는거지요? 종일 걸고 받는 전화도
사람이 사람에게 말을 건네는 일입니다.
전화는 무거운 이야기가 많았습니다.
풍광을 가득채운 빗방울도 무겁게 느낄수 있었
겠지만, 안 그러기로 했습니다. 하늘이 건네는
다정한 이야기라고 생각하기로 한 거지요.
그랬더니, 따뜻했습니다. 겨울비가! 이렇게!

겨울비

풍광을 가득 채운 빗방울도 무겁게 느낄 수 있었겠지만, 안 그러기로 했습니다.
하늘이 건네는 다정한 이야기라고 생각하기로 한 거지요.
그랬더니, 따뜻했습니다. 겨울비가! 이렇게!

설맘이라고 권세가의 응접실에는 귀한선물이 산더미를 이루고 있을까? 썰렁한 거리에서 명절 분위기를 찾기 어려운데 날씨조차 음씨년 스럽습니다. 세상은 돈위에 돈을 얹었습니다. 고마워하지 않을 자리에 선물을 져다 쌓지요? 물건은 짐이 되고 처치곤란한 줄 알아서 상품권 봉투로 대신하기도 합니다.

그것도 수천만원 짜리가 가능하다지요? 뇌물로 쓰기 좋으라고 만들어 놓은 모양입니다. 함부로 사는 사람들 좋으라고 갖은 배려를 다하는 우리 사회가, 마음을 돌려 앉혀서 힘없고 소외되고 가난한 대문을 두드리게 되는 날이 있을까요? 아마, 이미 있는 일일겁니다. 왜 안 그러겠어요? 따뜻하고 아름다운 그 마음곁에서 새해 맞고 싶습니다. 배울 것만 가려 배우는건 나이들어서도 해야할 일입니다. 자그마한 선물을 받아들고 이런생각 저런생각 했습니다. 줄것이 큰 것일까 싶어서요.

설밑 선물

함부로 사는 사람들 좋으라고 갖은 배려를 다하는 우리 사회가,
마음을 돌려 앉혀서 힘없고 소외되고 가난한 대문을 두드리게 되는 날이 있을까요?
아마, 이미 있는 일일 겁니다. 왜 안 그러겠어요?
따뜻하고 아름다운 그 마음 곁에서 새해 맞고 싶습니다.

편지처럼 덕담 한마디 적으세요.
책 한권 선물로 준비하셔도 좋지요.
미리 읽어 보시는 건 필수!
너무 크지 않은 돈이면 헌금도 나쁠건 없습니다.
세뱃돈 기다리는 아이들 마음도 헤아려야 하니까!
제집에서는 아이들 이름 적은 봉투에 미리 돈을 넣어둡니다.
어른들에게 회람하듯 돌려서 한꺼번에 모으는거지요.
누가 얼마를 주었는지 모르게 하려구요. 어른들 체면을 고려한
겁니다. 괜찮지요?
세배하고 나면 맏어른이 대표로 전합니다.
설채비 하셨나요?
뭐든 조금은 거드세요. 자리 입장 따지실 것 없이! 설인데!

세뱃돈

제 집에서는 아이들 이름 적은 봉투에 미리 돈을 넣어둡니다.

어른들에게 회람하듯 돌려서 한꺼번에 모으는 거지요.

누가 얼마를 주었는지 모르게 하려구요.

어른들 체면을 고려한 겁니다. 괜찮지요?

한낮에는 따뜻한기운이 떠돌다가 해떨어지면 싸늘하게 식어버리는
대기. 그중 따뜻한 시간에 잠시 산책에 나섰습니다. 늘 그러듯 아내와
함께지요. 오늘 화제는 '공정무역'이었습니다. 기호식품 따위를 먼나라
농민이나 빈민들에게 제값치르고 사오는 일이 호사가의 자기위안에 지나
지 않는다는 주장이 타당한가? 간단치 않은 주제라 저녁상에 국수한그릇
놓고도 이야기 계속되었습니다. 대문 나서서 몇걸음 안걸었는데 파출부배
한테서 전화가옵니다. "형, 산책가죠?" "어? 어디서 전화해? 나를 보고
있는건가?" "마을가꾸기 하는터 있는터 대문나서는것 보이네." 시골사는게
이렇습니다. 뭘 숨어서 못한다니까요. 산책경로를 바꾸어야 했지요 물론!

오늘의 주제

기호식품 따위를 먼 나라 농민이나 빈민들에게 제값 치르고 사 오는 일이
호사가의 자기 위안에 지나지 않는다는 주장이 타당한가?
간단치 않은 주제라 저녁상에 국수 한 그릇 놓고도 이야기 계속되었습니다.

한때는 뒤란에 벚나무가 있어서 봄이면 벚꽃이 화사했습니다. 마당 한켠에도 큰 자두나무가 있어서 분홍 자두가 농익어 꿀보다 달았지요. 지금은 거기 없습니다. 자취없이 흩어져 버렸지요. 여름 한때 마당을 채우며 흘러 나가던 장맛비의 장쾌한 물결도 어디로 갔습니다. 흘러가는 것들 못 붙잡습니다. 시간은 그렇게 쉬지 않고 지나갑니다. 지금은 참 소중하지요. 아름답기도 하고. 이순간을 누추하게 하는 것 다 놓아버리세요. 그게 뭐든! 당장!

청수印

흘러가는 것들

흘러가는 것들 못 붙잡습니다. 시간은 그렇게 쉬지 않고 지나갑니다.
지금은 참 소중하지요. 아름답기도 하고.
이 순간을 누추하게 하는 것 다 놓아버리세요.
그게 뭐든! 당장!

청수(淸水)

저녁밥 짓는다고 건너간 아내가 생각보다 일찍, 건너오라고 했습니다. 수제비인지 국수인지 모를, 누덕누덕한 밀가루 반죽으로 끓인 음식이었습니다. 우리말로 과자 만드는 수녀님들이 과자틀로 과자모양을 찍어내고 남은 반죽으로 '누덕국수'를 만드신 모양입니다. 단순하고 담백한 맛도 맛이지만, 조각보처럼 자칫 버려질 수도 있는 자투리를 살린 마음씀씀이가 고마웠습니다. 맛있게 그릇을 비우면서 천상음식의 맛을 조금 엿본 기분이었습니다.

누덕국수

단순하고 담백한 맛도 맛이지만,
조각보처럼 자칫 버려질 수도 있는 자투리를 살린 마음 씀씀이가 고마웠습니다.
맛있게 그릇을 비우면서 천상 음식의 맛을 조금 엿본 기분이었습니다.

지치도록 일에서 원고마감이 닥친 일 다하고, 오랫만에 서점에 다녀
왔습니다. 시장 구경하다하니 시의 시대가 가고 있다는 말이 실감
납니다. 시장에서는 견디기 어려운 물건입니다. 순정한 영혼이 시장에서
겪을 어려움이야 짐작할 만 하지요? 그래서, 시장도 사들었습니다.
대형마트에 가면 시식코너 있어서 두부·부침·고기·묵 선식 따위 조금씩 먹어
보라고 하지요? 책도 서점을 통째로 맛보라고 열어 두었습니다. 인심 좋은
서점에서 이책도 들추어보고 저책도 열어보면서 지친 심신의 미열을 식
히는 시간처럼 행복한 때가 어디 있을까 싶습니다. 걸어나가서 들렀다
올수 있는 서점하나 있으면 더 바랄게 없겠습니다. 조금싸게 사는맛에
인터넷으로 책사시나요? 서점에 가서 책보하고 소개팅하여도 괜찮을 걸요?

서점에 가서

대형마트에 가면 시식 코너 있어서 두부, 부침, 고기, 묵, 선식 따위
조금씩 먹어보라고 하지요?
책은 서점을 통째로 맛보라고 열어두었습니다.
인심 좋은 서점에서 이 책도 들추어보고 저 책도 열어보면서
지친 심신의 미열을 식히는 시간처럼 행복한 때가 어디 있을까 싶습니다.

부음을 듣게 된 노코메디언이 제 어르신 연배나 되신것을 늦게야
알았습니다. 웃음을 주는 사람들의 나이는 흔히 잊혀지지요. 친밀감
있다는 이유로 조금쯤 낮추어 보는 우리 시선 뒤에는 어릿광대에
대한 뿌리깊은 경멸이 감추어져 있을지도 모릅니다.
어려서는 재미 있어하며 허리를 꺾고 배꼽을 움켜 쥐던 과장된
몸짓과 익살을 어느 시점인가 유치한 장난으로 치부하면서 솔직한
웃음과도 멀어져 갔습니다. 제 경험입니다.
어지럽고 복잡해진 머릿속을 다 비우고, 단순해져서, 키득거리고
낄낄대고 배가 아프도록 웃고 싶을 때도 있습니다. 웃음을 만들줄
아는 이들이라면, 존재에 대한 이해와 깊은 철학 뿐아니라 통찰도
갖추어야 할 테지만 그렇게 믿고 싶지 않았던가 봅니다. 근조!!

솔직한 웃음

어지럽고 복잡해진 머릿속을 다 비우고, 단순해져서, 키득거리고 낄낄대고
배가 아프도록 웃고 싶을 때도 있습니다.
웃음을 만들 줄 아는 이들이라면, 존재에 대한 이해와 깊은 철학뿐 아니라
통찰도 갖추어야 할 테지만, 그렇게 믿고 싶지 않았던가 봅니다.

살아남은 생명들의 봄

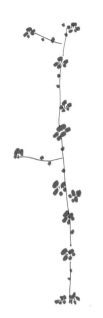

친구와 전화하다가
지리산·매화·저 남쪽……
그런 단어를 들었습니다.
아, 매화!
붉은 매화 때로는
잘고 볼품 없다 싶지만
매화향을 차가운 대기중에
쏟아내는 기운 앞에서면
그곁에 오래 있기 마련.
벌써! 매화 소식 인가?
— 늘 꽃이 앞서고 소식은 늦습니다.
부고처럼! 나고 죽는게 한소식! 정수筆

아, 매화!

붉은 매화 때로는 잘고 볼품없다 싶지만
매화 향을 차가운 대기 중에 쏟아내는 기운 앞에 서면 그 곁에 오래 있기 마련.
벌써! 매화 소식인가?
늘 꽃이 앞서고 소식은 늦습니다.

비 잦은 늦겨울 전원에서 연한 봄색깔을 느끼겠습니다.
이렇게 시작하면 봄이 성큼성큼 오지요. 경칩이라 빈논
고인 물에 개구리 알이 보입니다. 벌써!
쉬지 않는 건 시간입니다. 마음으로는 다 못 느끼고 보내는
시간이지만 몸은 빈틈없이 알고 자라고 시들고 늙습니다.
그래서, 봄날 황홀합니다. 겨울 물론 그러셨지요? 또, 여름도!

봄날 황홀합니다

쉬지 않는 건 시간입니다.
마음으로는 다 못 느끼고 보내는 시간이지만
몸은 빈틈없이 알고 자라고 시들고 늙습니다.
그래서, 봄날 황홀합니다. 겨울 물론 그러셨지요? 또, 여름도!

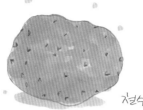

겨우내 눈이 많더니 봄으로 건너가는 지금도
진눈깨비 뿌립니다. 겨울처럼 눈이 쏟아지는
마을도 있습니다. 농사짓는 사람들은, 계절을
잊은 눈비소식이 파득치 않습니다. 하지만,
그래도 소용없는 걸 누구보다 잘압니다.
논밭을 우산으로 가리겠어요? 멍석으로 덮겠어요?
밭이 질어 감자를 못심는다는 소식 들으니 그곳
농사꾼들의 조바심하는 마음을 짐작하였습니다.
상자안에서 싹을 밀어올리기 시작한 씨감자도
그마음 모를리 없는데, 하늘 왜 이러시나 몰라?

봄의 진눈깨비

밭이 질어 감자를 못 심는다는 소식 들으니
그곳 농사꾼들의 조바심하는 마음을 짐작하겠습니다.
상자 안에서 싹을 밀어올리기 시작한 씨감자도 그 마음 모를 리 없는데,
하늘 왜 이러시나 몰라?

의

천수 籤

느낌표 처럼 와서
떠나고 나면 그만
감쪽 같습니다.
법정 스님께서 그렇게
떠나셨습니다.
슬픈 소식으로 듣지말라고
하실겁니다.
작별인사 올립니다.

작별

느낌표처럼 와서 떠나고 나면 그만 감쪽같습니다.
법정 스님께서 그렇게 떠나셨습니다.
슬픈 소식으로 듣지 말라고 하실 겁니다.
작별 인사 올립니다.

도박 입니다!
투자라고 부르지요?
증권투자,
부동산투자.
주식투자.

정수麗

크게 얻을 수 있다고 하지요?
작게 걸고 크게 얻게 될거라고!
믿지 마세요. 인생을 거는 겁니다.
요행을 믿으시려고요?

도박

증권 투자, 부동산 투자, 주식 투자.

크게 얻을 수 있다고 하지요? 작게 걸고 크게 얻게 될 거라고!

믿지 마세요. 인생을 거는 겁니다.

주사위 벌써 내려오고 있습니다.
평범한 사람들이 던지는 주사위는
대박이 없거든요! 도박하시면
다 잃습니다. 그렇게 위험한 일에
마음 빼앗기지 마세요. 제발!
        철수 盞

다 잃습니다

주사위 벌써 내려오고 있습니다.
평범한 사람들이 던지는 주사위는 대박이 없거든요!
도박하시면 다 잃습니다.
그렇게 위험한 일에 마음 빼앗기지 마세요. 제발!

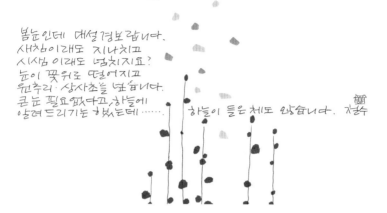

봄눈인데 대설경보랍니다.
새침이래도 지나치고
시샘이래도 넘치지요?
눈이 꽃 위로 떨어지고
원추리·상사초를 덮습니다.
큰 눈 필요 없다고, 하늘에
알려드리기는 했는데……. 하늘이 들은 체도 않습니다. 철수

봄, 대설경보

봄눈인데 대설경보랍니다.

새침이래도 지나치고 시샘이래도 넘치지요?

눈이 꽃 위로 떨어지고 원추리, 상사초를 덮습니다.

큰 눈 필요 없다고, 하늘에 알려드리기는 했는데…….

무모한 삽질

강바닥을 긁고 흙을 쌓는다고 생각하는지 모르지만,
하늘을 건드리고 땅을 엎는 짓입니다.
하늘도 땅도 크게 분노하게 될 겁니다.

저 교만하고 뻔뻔한 권력의 폭언과 망언이 당신을 겨누고
있습니다. 황사와 폭설과 난기류 속에서도 꽃은 어김없는데,
사람의 어린 자식들은 밥을 굶고 젊음은 골방에서 시들어 갑
니다. 하늘은 자연을 버리지 않는데, 우리 사회는 사람을 버
리고 사람을 망가뜨립니다. 꽃을 보면서 우리 사회의 사람을
생각합니다. 꽃은 여전히 꽃인데, 사람은 사람이 아닙니다.
이대로 괜찮은가요? 이렇게 사는 건 사는 것 아니다 싶은 사람들
곳곳에서 죽음을 생각합니다.
그래서, 봄이 봄 아닙니다.
기다리고 있으면 좋은 날
오게 될 거라고 생각하는
어리석은 사람들이 아직
있지요? 있습니다!
어느 깊은 나락에 떨어져야
이대로는 안 된다고 생각하게
되는 걸까요? 차라리 갈 테
까지 가 보자 싶을 때도
없지는 않지만, 우리 마음
그때는 온기 하나 잠 없어져서
벌헐 동물처럼 변해 있을 것이
너무 무서워서요! 끔찍해서요!

청수

꽃은 어김없는데

꽃은 여전히 꽃인데, 사람은 사람이 아닙니다.
이대로 괜찮은가요?
이렇게 사는 건 사는 것 아니다 싶은 사람들
곳곳에서 죽음을 생각합니다.
그래서, 봄이 봄 아닙니다.

봄이 어지럽습니다.
소나무 앞에 봄기운이
완연한데, 눈이 내려
은설을 이고 선 소나무며
먼산이 아름답습니다.

변덕스러운 봄날씨에
고개를 갸로 젓는 일도
어느 한 두번이어야지요.
그저 두고 보자 합니다.
좀 차지요? 건강조심!

청수

봄 날씨

봄이 어지럽습니다.
소나무 잎에 봄기운이 완연한데,
눈이 내려 은설을 이고 선 소나무며 먼 산이 아름답습니다.

저 씩씩한 기운들이 여리디 여린 얼굴하고 봄세상에
나타납니다. 봄기운이 어디서 무엇하는 냐고 묻고
다니던 엊그제 일이 부끄럽습니다. 벌써 와있는 봄을
느끼고, 알고, 그렇게 살았어야 할 날들 다 놓치고
춘곤이나 거느리고 봄을 맞으면 스스로 게으름 잘 알게
될겁니다. 여러날 어지럽던 봄눈이며 꽃샘추위며
거친바람에 흔들리지 않고 봄을 준비한 생명들도, 어디
씻었는지 새아기처럼 말갛습니다. 그런 얼굴, 그런
마음으로, 세상 살고 싶습니다. 싸울때도 변함없이 그렇게.

그런 얼굴 그런 마음으로

여러 날 어지럽던 봄눈이며 꽃샘추위며 거친 바람에
흔들리지 않고 봄을 준비한 생명들은,
어디 씻었는지 새 아기처럼 말갛습니다.
그런 얼굴, 그런 마음으로, 세상 살고 싶습니다.
싸울 때도 변함없이 그렇게.

- 시퍼렇게 얼어 떨어지는
  군은 꽃송이를 생각했습니다.
- 진솔하고 기탄없는 말이
  그리웠습니다. 바닷속에서
  젊은이들 숨이 끊어지는 동안,
  거짓말이라고 해야할 해명과 설명과 발표에
  치를 떱니다. 눈에 훤하게 보이는 걸, 어렵지 않게
  알겠는걸, 숨기고 덮고…… 거짓말하기가 그렇
  지요? 어려운 일입니다. 차라리 그만 듣겠다고 해야
  겠습니다. 흔한게 죽음인데, 또 아픕니다.

철수

또 아픕니다

바닷속에서 젊은이들 숨이 끊어지는 동안,
거짓말이라고 해야 할 해명과 설명과 발표에 치를 떱니다.
눈에 훤하게 보이는 걸, 어렵지 않게 알겠는걸, 숨기고 덮고…….
흔한 게 죽음인데, 또 아픕니다.

내일은 강을 보러 가려구요.
— 겨우내 얼어 있다가 풀린
잔잔 연못은 초록빛으로 어둡
습니다. 연잎도 썩고 창포잎도
썩고……. 물을 갈아주어야
합니다. 하늘이 내려주는 빗물
만으로는 정화가 어렵지요.

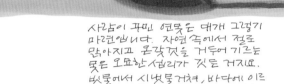
천수

사람이 꾸민 연못은 대개 그렇기
마련입니다. 자연 속에서 절로
맑아지고 온갖것을 거두어 기르는
못은 오묘한 섭리가 깃든 거지요.
빗물에서 시냇물거쳐, 바다에 이르
기전에 강이 있습니다. 있어야
할이유가 있어 있는 거지요.
강이 오염되었다면 오염을 삼갈
일이지요. 삽질이 당키나 한가요?

있어야 할 이유

빗물에서 시냇물 거쳐, 바다에 이르기 전에 강이 있습니다.
있어야 할 이유가 있어 있는 거지요.
강이 오염되었다면 오염을 삼갈 일이지요.
삽질이 당키나 한가요?

여주 강을 보았습니다. 보막는 공사로 여강이 몸살을 앓고 있었습니다.
살린다는 말은 거짓말입니다. 영생을 말하면서 독살을 자행하던 사교
집단을 생각했습니다. 가서 보시면 압니다.
공사현장에서도 날개짓하고 물에 들어 헤엄을 치는 오리떼를 보았습니다.
그 태연한, 생명의 낙관만 아름다웠습니다.

공사 현장

여주 강을 보았습니다. 보 막는 공사로 여강이 몸살을 앓고 있었습니다.

살린다는 말은 거짓말입니다.

영생을 말하면서 독살을 자행하던 사교 집단을 생각했습니다.

가서 보시면 압니다.

부활절 가까워지면 늘 부활절 달걀이 담긴
선물 바구니를 받습니다. "부활 축하드려요!"
청년 예수의 삶을 생각하고,
그의 고난과 죽음을 생각하고,
부활의 의미를 생각해 보라는, 권유가 담긴
선물입니다. 올해도 그날을 기억하지 못하고
말았습니다. 공연히 달걀만 축냈던 것은
아니었을까 싶으셨을까요?
소금도 있던데요? 먹어도 되는 거였지요?
늘 말라버리거나 썩어 버리는 달걀이 아까
워서 올해도 아침마다 한알씩 먹었거든요.
늘 죄송했는데, 소금 보고 안심했습니다.

부활절 달걀

"부활 축하드려요!"
청년 예수의 삶을 생각하고, 그의 고난과 죽음을 생각하고,
부활의 의미를 생각해보라는 권유가 담긴 선물입니다.

정수 畵

일하다 괭이 자루가 빠졌습니다.
호미자루는 깨지고 삽자루는 목이 부러졌습니다.
모두 사망은 아니고 부상입니다. 중상이지요.
본격적인 수술이 필요합니다.
거우내 비 맞은 탓입니다.
자루가 거들어야 날이 일할 수 있는 것 보면, 날만
중요하달 것 없고 자루만 요긴하다 하기 어렵습니다. 둘을 단단히 엮어주는 쇠못 한두 개의 몫도
작지 않지요? 세상 이치도 대략 그렇겠지요?
일 맛은 봄입니다. 농구들 안부를 이제사 확인하고……

자루, 날, 쇠못

자루가 거들어야 날이 일할 수 있는 것 보면,
날만 중요하달 것 없고 자루만 요긴하다 하기 어렵습니다.
둘을 단단히 엮어주는 쇠못 한두 개의 몫도 작지 않지요?
세상 이치도 대략 그렇겠지요?

살아남은 생명들의 봄은 상심하지 않는다.
있는 대로 생생하고 눈부시게 아름답다.
지난해 한 몸이던 가지에는 시든 잎들이 묵묵하게 달려 있지만
그저 그럴 따름.
새잎은 온 힘을 다해 이 봄을 산다. 아파, 저 상실의 빈
자리를 다 채우겠다고 그러니 슬픔과 아픔은
겨울에게 주어버리라고 말하고 싶은 것이리라.
얼어 죽은 가지들 베어내고 잘라서 퇴비장에
던져 넣었습니다. 봄의 삼부름이었던 걸까요?

온 힘을 다해

살아남은 생명들의 봄은 상심하지 않는다.
있는 대로 생생하고 눈부시게 아름답다.
지난해 한 몸이던 가지에는 시든 잎들이 묵묵하게 달려 있지만
그저 그럴 따름.
새잎은 온 힘을 다해 이 봄을 산다.

세상일에 혀를 차면서 술한잔 하시게 될 가능성이 크지요? 세상도 다 더러울 리가 없고 어려운 현실도 영원히 계속될 리는 없지요? 세상 더럽힌게 우리가 아니라면 편찮습니다. 잘못 산것 있으면, 뉘우치고 책임지고, 다시는 그리 살지 말아야지요. 그런데, 그게 어렵지요? 세상 사는게 그렇게 어려운 일이잖아요. 그래도, 꽃피어 오는 봄입니다. 봄이라구요!

철수

봄이라구요!

세상 일에 혀를 차면서 술 한잔하시게 될 가능성이 크지요?
세상도 다 더러울 리가 없고 어려운 현실도 영원히 계속될 리는 없지요?
세상 더럽힌 게 우리가 아니라면 괜찮습니다.

묘목 몇 분 샀습니다.
올해는, 과실 먹을 생각
하지 말고 꽃눈을 따서
버리라고 하네요.
그래야,
나무가 튼실해져서
좋은 열매를 넉넉하게
얻게 될거라고요.
영연한
지혜 아닌가요?

철수

늦은 시간에 건너가면 자정뉴스도 보고 가끔 우스개소리하는 프로도 보다 잡듭니다. 요즘은 MBC 파업 탓에 뉴스가 좀 부실해졌습니다. 공정하고 독립적인 언론을 위해하는 파업이라니, 불편해도 기다려주는 시민의식으로 짝이 되어주고, 마주쳐 소리내는 손바닥이 되어주는게 옳을 듯합니다. 하던 일을 멈추는 일이라 파업은 늘 어려운 싸움입니다. 불편을 못참는 시민들의 비난도 그럽고요. 응원하고 싶었습니다.

당연한 지혜

묘목 몇 분 샀습니다.

올해는, 과실 먹을 생각하지 말고 꽃눈을 따서 버리라고 하네요.

그래야, 나무가 튼실해져서 좋은 열매를 넉넉하게 얻게 될 거라고요.

당연한 지혜 아닌가요?

깊고 푸른 바다에서
꽃을 건져 올리고 있습니다.
죽음의 이유는 모릅니다. 기다려 보아야지요.
심해보다 더 깊고, 어쩌면 더 위험하고, 더 차갑고,
더 어둡고, 비밀스러운, 현실이 있습니다.
슬픔과 함께, 아픔과 함께, 그 막막함을 깊이 생각해보는 한밤.

깊고 푸른 바다에서

심해보다 더 깊고, 어쩌면 더 위험하고, 더 차갑고,
더 어둡고, 비밀스러운 현실이 있습니다.
슬픔과 함께, 아픔과 함께, 그 막막함을 깊이 생각해보는 한밤.

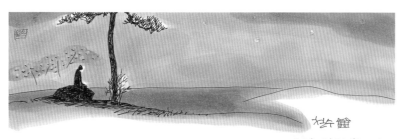

청수 體

늦은 저녁에 들에 나가 앉았었습니다. 오랫만에 그럴수 있었었습니다.
매일 들일에 매달려 왔다보면, 들에 앉아 잠시 생각에 잠길
겨를 없이 여러날 흘러 버립니다. 지난 주 내내 그랬었습니다.
키큰 소나무 밑에서 산죽 새순이 올라오고 있는듯 합니다. 어둠 속이라
또렷하지 않습니다. 진달래 피어 왔는건 어둠 속에서도 알겠는데……
멀리 큰길에 흘러가는 자동차 불빛을 보면서 세상을 생각해 보았습니다.
세상 아무리 더럽고 바빠도, 삶을컷 삼표 같아 요늘것 같아 요고
해야지! 하는 심사로 뼈마디가 아프도록 일하지만 세상을 다 잊고
살지 못합니다. 웬만해야지요! 거짓말! 마음에 과심도 화두같은
한마디가 그랬습니다. 거짓말! 거짓말로 지새는 온갖 권력들에게
나와 우리시대를 맡겨놓고 사는 하루하루가, 온몸이 아픈 고된 삽질과
흙일 보다 더 힘듭니다. 진심으로 그랬습니다. 마침 4.19 원동이었습니다.

거짓말!

마음에 와 있는 화두 같은 한마디가 그랬습니다. 거짓말!

거짓말로 지새는 온갖 권력들에게 나와 우리 시대를 맡겨놓고 사는 하루하루가,

온몸이 아픈 고된 삽질과 흙일보다 더 힘듭니다.

아무래도 한번은 강에 나갔다 오셔야 겠습니다.
4대강을 살린다는데, 믿을 수가 없습니다. 아무래도 죽이겠습니다.
강 이야기를 직접 들어 보세요! 당신도 들어보고 나도 들어보고 그리고
나서 다시 이야기해 보면 어떨까요? 꼭 필요하면, 3자 대면도
좋겠지요. 강물 위에 비친 봄날의 강변 풍경에는 햇살·바람·구름·
하늘·봄꽃·새들이며 황사 먼지 조차 어김없이 있습니다. 그 강물에
삽날을 박는 중장비의 얼굴도 비치겠지요? 다녀가는 우리 얼굴 까지 모두.

강변 풍경

강물 위에 비친 봄날의 강변 풍경에는
햇살, 바람, 구름, 하늘, 봄꽃, 새 들이며 황사 먼지조차 어김없이 있습니다.
그 강물에 삽날을 박는 중장비의 얼굴도 비치겠지요?
다녀가는 우리 얼굴까지 모두.

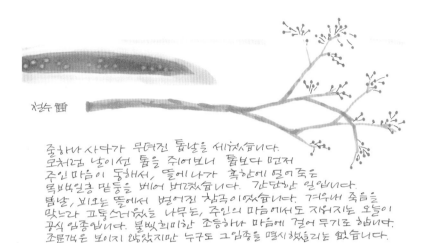

중하나 사다가 무뎌진 톱날을 세웠습니다.
모처럼 날이선 톱을 쥐어보니 톱보다 먼저
주인 마음이 동해서, 뜰에 나가 축한에 덮어죽은
록바일층 밑둥을 베어 버렸습니다. 간단한 일입니다.
봄날, 비오는 뜰에서 벌어진 참극이었습니다. 겨우내 죽음을
맞느라 고통스러웠을 나무는, 주인의 마음에서도 지워지는 오늘이
공식 임종입니다. 불빛 희미한 조등하나 마음에 걸어 두기로 합니다.
조문객은 보이지 않았지만 누구도 그 임종을 멸시했을리는 없습니다.

나무의 임종

겨우내 죽음을 맞느라 고통스러웠을 나무는,

주인의 마음에서도 지워지는 오늘이 공식 임종입니다.

불빛 희미한 조등 하나 마음에 걸어두기로 합니다.

조문객은 보이지 않았지만 누구도 그 임종을 멸시했을리는 없습니다.

우후죽순이라지만, 기다리고 있으면
안나온다. 저녁에 없던 것이 새벽에
보이고, 새벽에 안보이던 것이 저녁에
보이지만! 죽순더러 어디 가느냐니까
하나 같이 허공을 가리킨다.
어디서 왔느냐고 물어도 여전히 빈
허공을 가리킨다. 우문에 현답일까?

우문현답

우후죽순이라지만, 기다리고 있으면 안 나온다.
저녁에 없던 것이 새벽에 보이고, 새벽에 안 보이던 것이 저녁에 보이지만!
죽순더러 어디 가느냐니까 하나같이 허공을 가리킨다.

철수 籬 ————

세상에 따뜻하고 너그럽고 사랑 쏟고 편안하기도 한
자리 있으면 좋겠다 싶을때, 누군가 어머니를 떠올리게
되지 싶습니다. 당신을 통해 세상에 왔습니다. 대개는
그 품에서 자라고 배워서 사람이 되었습니다. 어머니
안에서 얻은 사랑이 넉넉할수록 온전한 사람이 되는법
입니다. 세상을 어지럽히는 막된 사람들, 거짓말하고, 오만
하고, 예의도 염치도 없는 사람들, 사랑에 배곯고 자란
탓일까요? 잘못 살면 부모님 욕되게 하는 셈입니다.
찾아 뵙지 못하고 전화드렸더니, 어머니 말씀이
— 나는 매일매일 어버이날이야. 고보한 걱정하지 말고 네일
잘해라. 잘들 지내고! 였습니다. 팔순노모 이렇게 쿨하십니다.

어머니

당신을 통해 세상에 왔습니다.

대개는 그 품에서 자라고 배워서 사람이 되었습니다.

어머니 안에서 얻은 사랑이 넉넉할수록 온전한 사람이 되는 법입니다.

철수 鐵

튜울립 몇포기 봄추위에 잎이
상하였습니다. 꽃은 온전할까하고
염려하였는터 다행입니다. 꽃이
와서, 안심하라고 저 이렇게
온전하다고 말하는 듯 하였습니다.
먼나라에서 와 이땅에서 살게된
외래종이지만 꽃에 국적이 무슨
상관이고 국경이어데 있겠어요.
꽃이지요! 사람도 사람일 뿐이고,
뭇생명이 그대로 생명으로 소중할
따름이지요! 그런말도, 하고 있네요.

꽃이지요

먼 나라에서 와 이 땅에서 살게 된 외래종이지만
꽃에 국적이 무슨 상관이고 국경이 어디 있겠어요. 꽃이지요!
사람도 사람일 뿐이고, 뭇 생명이 그대로 생명으로 소중할 따름이지요!

세계에는 경제위기를 틈타서 호주머니를 두둑하게하는 '빨판'이 있습니다.
남어려운형편을 악용해서 이자율 높은 돈을 빌려주고 망하기 기다려서
홀랑 털어 먹는 악덕사채업자와 다를 바 없지만 워낙 큰손이라서
대접도 받는 흉측스러운 존재지요. 그리스. 스페인 ……, 남유럽의 재정
위기를 호재로 삼는 투기세력, 들에게 메르켈 독일총리가 한마디 했다는
소식을 들었습니다. — 정치가와 시장의 전쟁에서 결연히 이기겠다!고
했다네요. 독일 좀 되니까 이런 소리도 한번 해 보는 것이겠지요.
투기꾼들의 세상에서는 평범한 사람들의 평화를 꿈꿀수 없습니다.
우리가 겪는 재정위기가 비정규직의 양산과 대량실업 '청년 실업을
일상화 한것으로도 짐작하기 어렵지 않습니다. 남의 일이 아닙니다.

빨판

세계에는 경제 위기를 틈타서 호주머니를 두둑하게 하는 '빨판'이 있습니다.

남 어려운 형편을 악용해서 이자율 높은 돈을 빌려주고

망하기 기다려서 홀랑 털어먹는 악덕 사채업자와 다를 바 없지만

워낙 큰손이라서 대접도 받는 흉측스러운 존재지요.

농익은 봄날, 거칠것 없는 공중에서 새들 희롱하며 날아다닙니다. 청청처럼 따로 받은 적 없지만, 기꺼이 혼인 잔치의 하객이 되어서 혼인 비행을 지켜 봅니다. 새들처럼, 해야할 일 거쳐야할 과정은 두루 거치며 살아야지요. 세상 어렵다고 이도저도 다 미루고 포기할수는 없는 노릇입니다. 살아야지요. 살아 봐야지요! 기뻐할 것 기뻐하고, 사랑할것 사랑하고, 나눌것 기꺼이 나누면서. 새도, 꽃도, 물도, 바람도 다 그러듯이 그렇게 살아야지요.

철수 箱

새들처럼

세상 어렵다고 이도 저도 다 미루고 포기할 수는 없는 노릇입니다.

살아야지요. 살아봐야지요!

기뻐할 것 기뻐하고, 사랑할 것 사랑하고, 나눌 것 기꺼이 나누면서.

새도, 꽃도, 물도, 바람도 다 그러듯이 그렇게 살아야지요.

철수 鐵

눈감고 귀막고 입닫고 살아야 할 모양입니다.
귀머거리 삼년 벙어리 삼년이라고 했나요? 모진 시집살이를
그렇게 표현하던 시절이 있었습니다. 봉건적인 사회에서나
가능하던 굴종과 압박인가 했더니, 21세기 대한민국에서 다시
살아나고 있습니다. 작아진 옷처럼 불편하지요? 버려야 합니다.

버려야 합니다

귀머거리 삼 년 벙어리 삼 년이라고 했나요?
모진 시집살이를 그렇게 표현하던 시절이 있었습니다.
봉건적인 사회에서나 가능하던 굴종과 압박인가 했더니,
21세기 대한민국에서 다시 살아나고 있습니다.

꽃이 오고가는 봄,
꽃은 피어날 때를 안다.
떨어질 때도 물론!
역사속에서, 사람들은
피흘려야 할 때를 알았을까?
- 5.18 입니다.

철수畵

5. 18

꽃이 오고가는 봄.

꽃은 피어날 때를 안다.

떨어질 때도 물론!

역사 속에서, 사람들은 피 흘려야 할 때를 알았을까?

봄비 넉넉했습니다.
비를 바라보고 맞는 마음도
흔쾌했지요. 날씨 뜨거워지면
생명들 키를 키우겠지요?
농사짓는 손은 바빠질테고……

일속에서 마음놓치지 않기.

내 잇속과 사회의 공익을

따로 생각하지 않기.

존재하는것, 쉬지않고 일하는것,

그게 축복이라는 사실도

잊지 않게 되기를……
철수

잊지 않기를……

일 속에서 마음 놓치지 않기.
내 잇속과 사회의 공익을 따로 생각하지 않기.
존재하는 것, 쉬지 않고 일하는 것, 그게 축복이라는 사실도 잊지 않게 되기를…….

지난 여름을 살고간
연꽃 흔적은 마른 연밥으로
남아 있습니다.

올해 연꽃을 준비할 연잎이
수면으로 모습을 드러내기 시작하였습니다.
한 뿌리에서 올라온 연잎에게는
지난해 묵은 연밥이 부모뻘이겠지만
서로 그리워하는 기색 없습니다.

청수鹽

하긴, 연밥을 말려 마른 꽃처럼
곁에 둔 것은 사람이 한 일입니다.
자연에서는 이미 일마치고 원소의
자리로 돌아갔을 생명이 미이라처럼
말라서 제길 가지 못했을 뿐이지요.

연꽃 흔적

올해 연꽃을 준비할 연잎이 수면으로 모습을 드러내기 시작했습니다.
한 뿌리에서 올라온 연잎에게는 지난해 묵은 연밥이 부모뻘이겠지만
서로 그리워하는 기색 없습니다.

봄이 절정!
쾌청한 날이 이어집니다.
꽃이 분주히 다녀가고
푸르름도 거침없이 몰려옵니다.
봄집안의 머슴이 되어서
매일 매일 해치워야 할
봄일을 생각합니다.
머슴은 일에서 배우고
일에서 지혜도 찾습니다.

철수

봄 일

꽃이 분주히 다녀가고 푸름도 거침없이 몰려옵니다.

봄 집안의 머슴이 되어서 매일매일 해치워야 할 봄 일을 생각합니다.

머슴은 일에서 배우고 일에서 지혜도 찾습니다.

비 젖어 있는 들에서 꽃들 뚝 뚝 떨어져 내리는 것을 보았습니다.
맑은 날 하느르 쏟아지는 그 가벼운 낙화는 아름다웠는데, 비 젖어
무거워진 무게를 이기지 못하고 추락하는 장면은 사고현장 같았습니다.
하늘 바라보고 위로 위로 솟구치던 대나무도 고개를 숙였습니다.
사흘 비에도 그러는 걸요. 사는 일이 늘 그렇지요.
간단치 않습니다. 흙에 깊이 깊이
뿌리내리고, 잔뿌리 수많이 자라서
흙살을 움켜쥐는 풀포기 덕분에 땅이
지켜집니다. 꽃도 무거운 몸으로 추락하기까지 안간힘을 다했겠지요?   청수 印
그렇게, 안간힘 다하고 사는 생명들로 산야가 아름다운 녹색입니다.
개화가 그렇듯, 낙화도 당연한 일입니다. 낙화 무서워서 꽃 피워 내는
일을 그만두었다는 소문은 못 들었습니다. 열심히 살아야겠습니다.

낙화

안간힘 다하고 사는 생명들로 산야가 아름다운 녹색입니다.

개화가 그렇듯 낙화도 당연한 일입니다.

낙화 무서워서 꽃피워내는 일을 그만두었다는 소문은 못 들었습니다.

철수 體

세상이 참 힘듭니다. 죽음을 선택하는
젊은이들 소식도 너무 많습니다. 안 되지요.
왜 왔는지 모르고 사는 세상이라도
세상 버리지 마세요. 세상 어렵지요?
길을 모르겠지요? 세상이, 외롭고 막막
하고 무섭지요? 그럴 겁니다. 당신만
그런 거라고 생각하시나요? 대개들 그리
생각하고 사는 걸요. 마음으로 고민해도
모르겠거든 몸뚱이에게 한번 물어 보세요.
마음이 막다른 길이라고 해도 몸은 그렇게
생각하지 않을 겁니다. 창문 여세요. 바깥
바람 들여 놓고, 아예 문 열고 나가 보세요.

창문 여세요!

마음으로 고민해도 모르겠거든 몸뚱이에게 한번 물어보세요.

마음이 막다른 길이라고 해도 몸은 그렇게 생각하지 않을 겁니다.

창문 여세요. 바깥바람 들여놓고, 아예 문 열고 나가보세요.

텃밭에는 마음에 드는 종자 가려 심습니다. 자라면
그날 그날 입맛 따라 또 선택해서 따고 뽑아 먹지요.
선거도 투표도 그럴수 있으면 얼마나 좋을까요?

눈물 살피고 들어오는데 아내가 안에서 소리칩니다.
"가서 푸성귀 조금 따다 주실래요?" 두말 않고 가서
한움큼 따 왔지요. "겨자채를 많이 따왔네요? 너무
많아서 저녁 때 또 먹어야 겠어요." 이웃에서 주신
검은빛이 도는 식초를 뿌려서 먹는 모듬채소가 아침상의
주요 음식입니다. 얼마전 부터, 밭에서 나는 것으로 식탁을
채울수 있습니다. 제가 하는 일로 제스스로 칭찬하는 유일한
일입니다. 밭에 가득 푸성귀들 다 무료합니다. 봄밤이 좀
서늘하긴 하지만 고뿔 걸릴 정도는 아닙니다. 평화를 빕니다.

모듬 채소

이웃에서 주신 검은빛이 도는 식초를 뿌려서 먹는 모듬 채소가
아침상의 주요 음식입니다.
얼마 전부터, 밭에서 나는 것으로 식탁을 채울 수 있습니다.
제가 하는 일로 제 스스로 칭찬하는 유일한 일입니다.

여취기로 풀깎으면 회전칼날이 세차게 돌아서
섬세하게 일하기 어렵습니다. 모든 것이 날아가
버립니다. 풀들에게는 도륙의 전쟁터인 셈입니다. 잡초
라고 싸잡아 부르면서, 꽃대 올라온 절정의 생명들 조차
에누리 없이 잘라버립니다. 논둑을 다깎고 나면 풀냄새가
떠돕니다. 풀들이 흘린 피냄새 일거라고 생각하면, 농사일에도
잔혹이 없는건 아니구나 싶습니다. 논둑에 피어난 노랑제비
붓꽃을 살려두었더니 요즘 노란 붓꽃이 화사합니다. 온갖
꽃들이 다 살아서 아름답게 피고 지는 농사는 불가능한걸까요?

풀들의 전쟁터

잡초라고 싸잡아 부르면서,

꽃대 올라온 절정의 생명들조차 에누리 없이 잘라버립니다.

논둑을 다 깎고 나면 풀 냄새가 떠돕니다.

풀들이 흘린 피 냄새일 거라고 생각하면, 농사일에도 잔혹이 없는 건 아니구나 싶습니다.

보리밥 위에 생된장이나 새우젓 담은 종지를 꾹 눌러 박은 도시락을 기억하는 사람은 많지 않겠지요? 그나마도 형편이 괜찮은 아이들 이야기고요. 점심시간이면, 운동장으로 나가서 수도꼭지 틀어서 물 한 모금 마시고, 내내 배회하는 친구들이 참 많았습니다. 흰 밥 위에 달걀 부침 하나 올려 놓은 도시락은 귀족의 밥상이었지요. 무상급식 소식이 더할 수 없이 반가웠던건 그 시절 기억 때문입니다. 어린 아이들 감수성이 어디 크게 달라졌겠어요? 집에서 겪는 가난이야 그렇더라도, 학교에서는 상처받지 않고 누구나 한결같은 밥상 받을 수 있게만 되어도 행복해질 것 같았습니다. 세금 더 내라면 더 내지요. 모금이라도 해야하면 기꺼이 함께 하고 싶습니다. 아이들, 점심 한끼라도 편한 마음으로 먹게 되면 기쁘겠습니다.

무상 급식 1

집에서 겪는 가난이야 그렇더라도, 학교에서는 상처 받지 않고
누구나 한결같은 밥상 받을 수 있게만 되어도 행복해질 것 같았습니다.
세금 더 내라면 더 내지요. 모금이라도 해야 하면 기꺼이 함께하고 싶습니다.

이건희 손자에게도 공짜로 밥을 줘야 하느냐?고 반문하는 소리도 들었습니다. 이건희 손자가 무슨 죄를 지어서 점심을 무상으로 제공받으면 안되는 거지요? 할아버지, 아버지가 모두 세금도 많이 내고 있을 테니까요.
모두 아이들이잖아요. 너무 어려운 아이들이라면 학교급식이 좋은 음식일 테고, 너무 여유 있는 아이들에게는 좀 험한 음식이 될 수도 있겠지만, 어떤 경우라도 교육적으로 좋은 일이라고 할 수 있겠다 싶습니다. 우리 사회가, 우리 아이들에게 주는, 평균적인 식단을, 누구나 경험하게 되는 일인 걸요!
한 시대를 함께 살면서, 먹고 입고 자고 하는 일로는 차별이 없어 걱정스러운 터라, 어린 시절 학교생활이라도 그저 그만 그만한 경험을 나누고 지낼 수 있었으면 해서요. 과욕일까요?

무상 급식 2

모두 아이들이잖아요.

너무 어려운 아이들이라면 학교 급식이 좋은 음식일 테고,

너무 여유 있는 아이들에게는 좀 험한 음식이 될 수도 있겠지만,

어떤 경우라도 교육적으로 좋은 일이라고 할 수 있겠다 싶습니다.

작은 반딧불이의 비행

한껏 한가한듯이 굴때가
제가 힘들어하는 때일 가능성이 큽니다.
'애써 여유를 찾는다는' 표현이 있지요?
그말이 뭔지 알겠습니다.

일이 급한데, 손님 따라 먼길갈때도
있었습니다. 될대로 되라하는 심정이
아니라면 그걸수 없지요? 대개는
돌아와서 후회하게 되더라구요. 웬만하면,
그런 상황은 만들지마세요!

흰콩 심을때가 되어가는데, 초벌갈아놓은

밭에 명아주가 발갛게 올라왔습니다.
초벌갈이 안했으면 한두뼘쯤 되게 자라
있었겠지요? 생명은 살겠다고 안간힘!
사람은 그걸 막자고, 죽이겠다고 안간힘!
그게 농사일입니다. 조만간 두벌갈이에
들어갑니다. 때 놓치면 낭패거든요! 천수
때 놓치면 안될일 있나 살펴보세요!

때 놓치면 낭패

생명은 살겠다고 안간힘!
사람은 그걸 막자고, 죽이겠다고 안간힘!
그게 농사일입니다.
조만간 두벌갈이에 들어갑니다. 때 놓치면 낭패거든요!

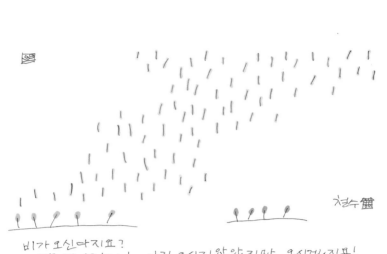

비가 오신다지요?
그 비를 기다립니다. 아직 오시지 않았지만 오시겠지요!
약속한 손님도 못오는 날이 있으니, 기다리되 기다림에 매여서
지내지는 않으려구요. 하늘이 공평하다는건 사람의 욕심에
비위를 다 맞추어 주지 않는 그 마음 입니다. 짐작하기 어려운
마음이지요? 도리 없습니다. 그하늘을 머리에 이고 사는터에야 ……

비를 기다립니다

약속한 손님도 못 오는 날이 있으니,

기다리되 기다림에 매여서 지내지는 않으려구요.

하늘이 공평하다는 건 사람의 욕심에 비위를 다 맞추어주지 않는 그 마음입니다.

봄내내
비도
흔하더니,
이제
필요할때는
비도 안온다고
아버가 투덜댑니다.
사실입니다.

때 이른 폭염이 이어져
밭에 가기 무섭습니다.
마와 고추를 심어 놓은 밭에서
해질녘에 잠시 일했습니다.   철수

여린잎은 뜨거운 날씨에 말라 죽기도하고 뽀족하게 올라오던
순이 멈칫해 있기도 합니다. 비를 기다립니다. 이런때는 마음
으로 위안하고 말로 거드는 것 보다 물한바가지 부어주는 게 필요
합니다. 빈말 어디에 쓰겠어요? 몸 움직여야지요! 몸으로 하는
말이 필요할때가 많습니다. 선거 끝나고 났지요? 후보들도
빈말하게 하면 안되지 싶습니다. 몸으로 실천하고 공약을 이행
하도록 채근하고 확인하는 바로 그일도, 우리가 챙겨야하는, 일입니다.

몸으로 하는 말

여린 잎은 뜨거운 날씨에 말라 죽기도 하고
뽀족하게 올라오던 순이 멈칫해 있기도 합니다.
비를 기다립니다.
이런 때는 마음으로 위안하고 말로 거드는 것보다
물 한 바가지 부어주는 게 필요합니다.

종일 서울에 머물다 돌아오는 길. 버스차창에
비치는 불빛이 차츰 희박해 집니다. 도시를
빠져 나오면 밤풍경은 조금씩 제 모습을 되찾
습니다. 드문 드문 가로등 불빛이 있을 뿐 같은
어둠에 잠긴 마을에 들어서면서, 이게 밤풍경
일거라고 혼잣 생각했습니다. 작은 반딧불이의
비행은 아직 때가 이르지만, 한여름밤 깊은
어둠속에서 반딧불이의 빛을 만나는 즐거움을
잠시 상상하며 대문을 밀치고 들어왔습니다.
도시의 어느 불빛이 그런 기대와 설레임을
품게 할수 있을까? 물론 대단한 볼거리는 아니지만······.

철수

밤 풍경

작은 반딧불이의 비행은 아직 때가 이르지만,
한여름 밤 깊은 어둠 속에서 반딧불이의 빛을 만나는 즐거움을 잠시 상상하며
대문을 밀치고 들어왔습니다.

강이 흘러는 피를 보았나요?
강으로 가보세요.
강이 고통을 참느라 뒤채는
몸짓을 보았나요?
강으로 가보세요.
우리가 저지르고 있는 만행을
묵묵히 지켜보는
강의 눈빛을 보았나요?
강으로 가보세요.
강심에 대못을 박는
우리들의 손이 보일테니……
어서, 강으로 가보세요.

철수 籤

대못

우리가 저지르고 있는 만행을 묵묵히 지켜보는 강의 눈빛을 보았나요?

강으로 가보세요.

강심에 대못을 박는 우리들의 손이 보일 테니……

어서, 강으로 가보세요.

전기요금·가스요금 ……, 차근차근 오를 거라고
합니다. 크지 않은 돈에도 허리가 휘는 사람들
있을 겁니다. 다른 건 몰라도, 횟병지료비 만큼은
나라가 부담해야 하는 것 아닌가 생각합니다.
없는 사람들 생각할 줄 모르는, 상상력도 연민도
없는 사람들이 정치를 하는 모양입니다.
법안 하나, 조례 한 줄 바꾸면, 기사회생 하게 되
는 인생이 많은 걸 아는 사람이면, 정치 저렇게
안 하지요. 시민이 두 눈 부릅떠야 합니다. 잘하려고
생각하신다고요? 그럴 수가 없는 세상입니다.

두 눈 부릅떠야

법안 하나, 조례 한 줄 바뀌면, 기사회생하게 되는 인생이 많은 걸 아는 사람이면,
정치 저렇게 안 하지요.
시민이 두 눈 부릅떠야 합니다.
잘하려니 생각하신다고요? 그럴 수가 없는 세상입니다.

장마라고 하면서도 보이시지 않는 날 많으면 마른장마
라고 합니다. 어느하루 뜨겁지 않는날 없었는데, 밭에 나와
계신 백발의 노인을 보았습니다. 적은장마(?) 시작하기
전에 솎을것 솎고 뽑을것 뽑고 북돋워 줄것 북돋워 주어야
합니다. 농사일로 늙으신 안목에 보일것 다 보이실 테지만
이제 현역으로 일하기에는 몸이 따라주지 않는 연세가
되셨습니다. 아들에게 맡기고 가끔 지팡이에 의지해
산보겸 감독이나 하시는가 했더니, 오늘은 밭에 들어가
계시는게 마음이 급하셨던 모양입니다. 밭이 이웃해
있으면 작은 다툼이 없기 어려운데 한번도 불편한 말
오고가지 않았던 것 보면 어르신이 무던하셨던가 봅
니다. 밭골이 끝나는 자리에 지팡이가 기다리고 있을텐데……

밭 가는 어르신

농사일로 늙으신 안목에 보일 것 다 보이실 테지만,

이제 현역으로 일하기에는 몸이 따라주지 않는 연세가 되셨습니다.

아들에게 맡기고 가끔 지팡이에 의지해 산보 겸 감독이나 하시는가 했더니,

오늘은 밭에 들어가 계시는 게 마음이 급하셨던 모양입니다.

정수 體

'베트남 쌀국수'라고 적힌 작은 상자가
나와 있어 아내에게 물었습니다. 이웃에
사는 베트남 색시에게 줄까하고 보았더니
유통기한이 지났더라는 대답 입니다.
베트남 꽃병을 받고 좋아하더라는 이야기
들었습니다. 쌀국수도 좋은 선물이 될텐데
아쉬웠습니다. 유통기한 지나도 못 먹게 된
건 아닐텐데 …… 삶을 생각도 함께 들었
지만, 꼭하나 뿐이어서 먹어보고 줄수도
없으니 버리기도 했습니다. 베트남 커피를
커피핀에 내려서 한잔 줄수는 있을텐데
하는 생각이 났습니다. 아내는 잠시 외출중
입니다. 돌아오면 이야기해 봐야 겠네요.

베트남 쌀국수

'베트남 쌀국수'라고 적힌 작은 상자가 나와 있어 아내에게 물었습니다.
이웃에 사는 베트남 색시에게 줄까 하고 보았더니 유통기한이 지났더라는 대답입니다.
베트남 꽃병을 받고 좋아하더라는 이야기 들었습니다.
쌀국수도 좋은 선물이 될 텐데 아쉬웠습니다.

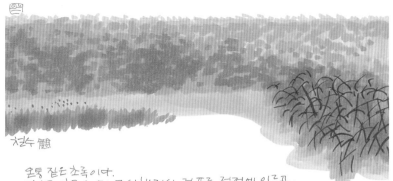

온통 짙은 초록이다.
갈수록 초록은 더 무성해져서 검푸른 절정에 이르고,
아내는 검푸른 숲이 무섭다고 할테지! 숲이 거친숨을 몰아쉬는 그
그늘에서, 우리는 쉬고 싶어 할테고!
딸려가지 않고도 쉬기를 바라는 사람들이 있다고? 그럴리가!
도둑질도 고된일이고, 욕심은 더 힘겹다. 그들도 쉬고 싶을 것 당연하다.
쉬는걸 또 쉬랴? 남보다 더 세련되고 더 고급스럽고 더 값비싼
휴식을 누리겠다는 욕망을 내려 놓고 가지 않는한 쉼은 없다. 그러나,
초록의 그늘에 들기전에 지갑처럼 마음도 챙기실 것! 초록의 전언!

초록의 전언

남보다 더 세련되고 더 고급스럽고 더 값비싼 휴식을 누리겠다는
욕망을 내려놓고 가지 않는 한 쉼은 없다.
그러니, 초록의 그늘에 들기 전에 지갑처럼 마음도 챙기실 것!

그래도 명색 농사를 한다고 분무기며 챙겨서 난황유도 만들어 뿌리고 목초액도 뿌려주고, 퇴비·유박 따위 거름도 얹어 줍니다. 오늘 오후에 시간을 내서 비닐하우스에 난황유를 뿌려 주었습니다. 오이 잎에 잔뜩 끼어 있는 진딧물을 처리하려는게 목표지만, 다른 작물에게도 고루 샤워할 기회를 줍니다. 한 공간에 성품이 다르고 호오가 다른 작물이 함께 있으니, 오이 자라라고 물을 많이 주면 고추·토마토가 웃자라고 쌈채가 물러집니다. 적당한 타협점을 찾기 어렵지요. 비닐 하우스 하나 더 만들까 싶지만, 기름 한방울 안나는 나라에서는 하나도 과하다 싶습니다. 농사도 기름땀이 쓰는 일이 되어 버렸거든요. 건강하고 단순하게 살고 싶지만 그게 말처럼 쉬운일이 아닙니다. 분무기 엔진끄고 나서, 예취기 시동 걸었습니다. 그런 농사 하는걸요!

그런 농사

오이 잎에 잔뜩 끼어 있는 진딧물을 처리하려는 게 목표지만,

다른 작물에게도 고루 샤워할 기회를 줍니다.

한 공간에 성품이 다르고 호오가 다른 작물이 함께 있으니

오이 자라라고 물을 많이 주면 고추, 토마토가 웃자라고 쌈채가 물러집니다.

장맛비 종일 뿌리는 날, 땀내나는 사람을 귀찮게하는 파리를
때려 잡으려고 파리채를 듭니다. 두어 차례 헛손질하고 나서야
손에 힘이 들어가면 파리 한마리도 잡을 수 없음을 깨닫습니다.
그러니까, 힘빼! 마음에는, 힘빼는 것 말고도 자비를 키우는
노력이 필요하겠지요?   제잠 파리채가 이렇게
생긴것 오늘에야 알게   되었습니다. 날궂은 주말
평안하시기 바랍니다.
열

정수 菡

그러니까 힘 빼!

장맛비 종일 뿌리는 날,
땀내 나는 사람을 귀찮게 하는 파리를 때려잡으려고 파리채를 듭니다.
두어 차례 헛손질하고 나서야,
손에 힘이 들어가면 파리 한 마리도 잡을 수 없음을 깨닫습니다.

들깨 모종을 밭에 옮겨 심었습니다.
많지 않은 양이라 아내와 아이와 함께
저녁나절에 다 심었습니다.
이제 빈밭은 없습니다.
심을 것 다 심었으니, 부지런히 김을 매고
북을 주고 웃거름 주고 ……, 기다리는 일이
남았습니다. 이 농사 지어서 누구랑 나누어
먹고 살까? 머릿속에 떠오르는 사람들이
있습니다. 팔자고 짓는 농사 아니라 온전한
농사라고 하기는 어렵지만, 일하는 동안에
얻는 것이 많으니 제게는 남는 장사인 셈입니다.
일하는 동안 내내 뻐꾸기가 바삐 울었습니다.

남는 장사

이 농사 지어서 누구랑 나누어 먹고 살까?
머릿속에 떠오르는 사람들이 있습니다.
팔자고 짓는 농사 아니라 온전한 농사라고 하기는 어렵지만,
일하는 동안에 얻는 것이 많으니 제게는 남는 장사인 셈입니다.

철수 籤

파랑새 한마리 새장에 갇혀서 운다.
저 처지를 울고, 세상을 운다.
저 큰하늘 허공을 운다.
몸으로 쇠살을 뚫을수 없으니 울음소리에
온마음을 실어서 운다. 울다울다 지쳐
쉬는 때도, 마음은 여전히 울고 있다.
작은 생명들도 자유가 무언지는 알고운다.
강물도 그렇게 울며 흐르고 있을까?
억울한일 많은 사람들도 그렇게 울며 살까?

울음

파랑새 한 마리 새장에 갇혀서 운다.

제 처지를 울고, 세상을 운다.

저 큰 하늘 허공을 운다.

몸으로 쇠살을 뚫을 수 없으니 울음소리에 온 마음을 실어서 운다.

한뼘 남짓한 작은 나무필통을 보았습니다.
조선조의 어느 가난한 선비가, 버드나무나 오동나무 한토막이
들여다 놓고 자귀질하고 칼질해서 만들었을 법한 필통입니다.
어둘한듯하지만 나름 공을 들여 새긴 기하학적 무늬로 표면을
장식한 것하며, 통나무를 우벼 내고 다듬은 흔적까지, 공부하는
이의 묘방구로는 나무랄테 없어 보였습니다. 공부도 쉬어가며
해야 제대로지요? 세상 어떤일도 여유다 쉼이 있어야 하는
법이니다. 손장난도 괜찮은 휴식입니다. 제 곁에 두고 쓸 물건
을 제손으로 만들어 보는 것도, 참 좋은 여유찾기였겠다 싶었습니다.

여유

공부도 쉬어가며 해야 제대로지요?

세상 어떤 일도 여유와 쉼이 있어야 하는 법입니다.

손장난도 괜찮은 휴식입니다.

아침 뜰에 아직 이슬이 촉촉합니다.
작은 못에서 연꽃이 벌어져 있는 것 바라보느라 발이 젖어 드는
것도 몰랐습니다. 연꽃 뿐인가요? 희고 노랗고 붉은 여름꽃이
한결같이 아름답습니다. 아침 뜰을 환하게 밝히고 피어있는
연꽃을 보면서, 남이 읊조린 한 말씀을 떠올립니다.

" 온갖 꽃대가리 밝기도 밝네!
조사의 마음자리 밝고 또 밝고!" (방거사)
 아침 뜰에서, 마음이 밝아지는 삶을 생각합니다.
꽃도 좋은 길 동무지요?

明明百草頭　　明明祖師意.

아침 뜰

"온갖 꽃대가리 밝기도 밝네!
조사의 마음자리 밝고 또 밝고!"(방거사)
아침 뜰에서, 마음이 밝아지는 삶을 생각합니다.
꽃도 좋은 길동무지요?

삼복 채비하느라 가스화덕을 청소하였습니다.
불꽃구멍을 못으로 뚫고, 압축공기로 녹을 불어내고, 묵은 녹은
수퍼 벗기듯 떨어냈습니다. 기름칠해서 불을 당겼더니 파란
불꽃이 고르게 타오릅니다. 이번 여름은 문제 없겠습니다.
방충망에 구멍난건 테이프 한 조각 붙여 놓았습니다.
폭우 오기전에 물받이·홈통에 낙엽이며 모래도 걷어내야
겠어요. 화덕 청소 했더니 도둑고양이들이 자주 찾아오는
기색입니다. 저 녀석들이 삼복 음식을 다 안다는 걸까요?

삼복 채비

삼복 채비하느라 가스 화덕을 청소했습니다.
화덕 청소했더니 도둑고양이들이 자주 찾아오는 기색입니다.
저 녀석들이 삼복 음식을 다 안다는 걸까요?

천수籤

600년 되었다고 했나요?
오래 묵은 연씨를 발견해서 싹을 틔워 연꽃을 피웠다는 소식을
들었습니다. 600년을 기다려서 꽃을 여는 긴 호흡의 생명에 찬탄하는
사람들 보면서, 연은 어리둥절 하고 있을까요? 그럴지도 모릅니다.
하루살이가 사람의 한생애를 모르듯이, 우리가 모르는 시간감각이
있지 않을까요. 우리 그렇게, 사람의 한계 안에서 살다 떠나기로 되어
있는 존재지요? 조금 겸손해져야한다고 말하기도 부끄러워 집니다.
뜰에,해마다 백련이 꽃을 피웁니다. 우리도, 오늘을 이렇게 살고 있지요.

오래 묵은 연씨

오래 묵은 연씨를 발견해서 싹을 틔워 연꽃을 피웠다는 소식을 들었습니다.

600년을 기다려서 꽃을 여는 긴 호흡의 생명에 찬탄하는 사람들 보면서,

연은 어리둥절하고 있을까요? 그럴지도 모릅니다.

무성한 초록의 산야에 비가 내려,
빗물에서도 풀향기가 묻어나는듯 합니다.
초록의 땀냄새 일까요?
무더위에 쉬지 못하고 일하는 사람들이
비에 젖는 것을 보았습니다.

초록의 땀 냄새

무성한 초록의 산야에 비가 내려, 빗물에서도 풀 향기가 묻어나는 듯합니다.

초록의 땀 냄새일까요?

무더위에 쉬지 못하고 일하는 사람들이 비에 젖는 것을 보았습니다.

평소에 말씀도 많이 없고 조용하고 차분한 성품이신 것 같던데
한번 내놓으니 무서우시던데요? 원래 조용한 분이 무섭다고들
하시더라구요. 성함을 여쭈어도 될까요? 사씨성을 쓰신다구요?
이름 자는 대 자 강 자 쓰시구요? 아 사 대강 선생님 이시군요!
예! 성함 자주 듣고 왔습니다. 그럼요! 요즘 사선생님 모르는
사람이 있나요! 심기 많이 불편 하시다는 소식도 들었습니다.
예? 아이구! 그러시지 마세요. 그렇게까지 화내시면 큰일나지요!

사 선생님

평소에 말씀도 많이 않고 조용하고 차분한 성품이신 것 같던데

한번 내놓으니 무서우시던데요?

원래 조용한 분이 무섭다고들 하시더라구요.

성함을 여쭈어도 될까요? 사 씨 성을 쓰신다구요? 이름은 대 자 강 자 쓰시구요?

비 그친 오후에 논둑을 미리
깎아 두었습니다. 아버는
아이와 감을 매고 옵니다.
이웃지서 애호박 세개를
가져다 주었습니다. 새우젓

조금 넓고 끔인 애호박이 참
달았습니다. 비? 오서도 좋고
그쳐도 편찮습니다. 사람이
할일해 놓고 나면 그저 기다리는
거지요. 애달캐달하면 무엇하나
요? 오실 것 오고 가실 것 가는걸요.

할 일 해놓고

비? 오서도 좋고 그쳐도 괜찮습니다.
사람이 할 일 해놓고 나면 그저 기다리는 거지요.
애달캐달하면 무엇 하나요? 오실 것 오고 가실 것 가는걸요.

연일 뜨겁습니다. 뜨거울때 이기는 하지요? 치과에 들렀다가, 안경도 손을 보고, 건널목에서 파란불 기다리는 동안에, 차도로 서둘러 내려서는 할머니를 만났습니다. 신호등 바뀌면 마음이 바쁘실 테니 미리 준비하려는 거지요. 빈상자 등속이 차곡차곡 쌓인 카트를 추스리면서 턱밑으로 흐르는 땀을 손등으로 훑는, 노인의 얼굴빛이 아스팔트 지열에 달아올랐습니다. 행인들과 눈 마주치고 싶지 않으신 듯 했습니다. 웬만해서 이 더위에 노구를 이끌고 나오지 않으셨을 텐데, 폭염에 기습폭우까지 참 사나운 한여름 이시겠습니다.

사나운 한여름

빈 상자 등속이 차곡차곡 쌓인 카트를 추스르면서 턱 밑으로 흐르는 땀을 손등으로 훑는,
노인의 얼굴빛이 아스팔트 지열에 달아올랐습니다.
행인들과 눈 마주치고 싶지 않으신 듯했습니다.

스펙,이라고 하는 것 같던데 ……
세상이 인정하는 다채로운 이력을 쌓아야 성공의 기회를 붙잡을 수 있다고 믿는 사람들이 많습니다. 경쟁이 치열해서 웬만한 스펙은 통하지도 않는다는 푸념도 꽤 듣게 됩니다. 짱짱스펙에 여망의권이기도 한 사람이 너절한 말을 늘어놓았다가 감당하기 어려워 보이는 공격을 받고 있습니다. 자업자득 입니다. 당해 싸보입니다.
사람은 스펙,따위로 다 이해하고 인정해도 좋은 값싼 존재 아닙니다. 속된 가치판단에 영합하는 이력과 이미지 쌓기에 올인하면서도 그 너머에 있는 존재의 비경까지 잘 가꾸고 사는 이들이 없지는 않을 테지만 쉬운 일은 아니지요. 존재의 깊은 아름다움은 '럽볼안'이라는 속담처럼 그렇게 확인되는 것도 아닙니다. 내면이 아름다운 사람, 마음 운전이 자재로운 사람들과 함께 사는 삶이라야 후회가 적습니다.

존재의 비경까지

사람은 스펙 따위로 다 이해하고 인정해도 좋은 값싼 존재 아닙니다.
속된 가치판단에 영합하는 이력과 이미지 쌓기에 올인하면서도
그 너머에 있는 존재의 비경까지 잘 가꾸고 사는 이들이
없지는 않을 테지만 쉬운 일은 아니지요.

자유업 제일 좋은게
복장이 자유로운 거라고
믿습니다. 삼복에,
넥타이 매고 구두신지 않아도 되거든요. 올해는, 반바지에
반팔 티셔츠 바람으로 지냅니다. 옷도 예의를 지켜 입어야 하는
법이지만, 실용이 대세라니 그를 따르기로 했습니다. 빈약한
종아리를 보아주기 어려웠는지, 당신 종아리살이 빠졌나 보다고
아내가 한마디합니다. 몹짱열풍에, 동참도 엄두를 내지 못합니다.

복장 자유

자유업 제일 좋은 게 복장이 자유로운 거라고 믿습니다.

삼복에, 넥타이 매고 구두 신지 않아도 되거든요.

올해는, 반바지에 반팔 티셔츠 바람으로 지냅니다.

무더위

뼛속까지 얼얼하도록 시원한 데서 덜덜 떨고 나와,
뙤약볕에게 온기를 애걸하고 싶다.
무더위하고 어떻게 좀 잘해보려고 애쓰고 있습니다.

키 작은 초록생명들이 자라고
있는 흙길을 달리는 자전거.
상상만 해도 시원합니다.

철수籬

더위를 지혜롭게 이기는 방법이 더 있겠지요?
땀흘리고 등목하고, 풋오이라도 하나 뚝 부러뜨려 우적우적, 씹는
한낮의 작은 그늘에서, 피서가는 자동차 행렬을 바라봅니다.
쉬어야 할 사람들 정작 쉬지 못하는 세상이지만, 떠날 수 있는
사람들 떠나서야지요. 행복한 피서여행 준비하시겠지요?

피서

키 작은 초록 생명들이 자라고 있는 흙길을 달리는 자전거.

상상만 해도 시원합니다.

땀 흘리고 등목하고, 풋오이라도 하나 뚝 부러뜨려 우적우적 씹는 한낮의 작은 그늘에서,

피서 가는 자동차 행렬을 바라봅니다.

청수 書

비도 잦고, 외출도 잦고, 날씨 무덥고,
이래저래 밭일들 소홀히 했더니 콩밭이고 고추밭이고 잡풀이
무성해 졌습니다. 자업자득입니다.

세상이치도 꼭 그렇지요?
때를 놓치고 나면 뒷감당에 드는 품이 더 많아지는 법입니다.
더 늦기전에 낫하고 호미들고 밭에 가봐야겠습니다.
논뚝에 웃자란 풀은 아들아이가 와서 다 베어놓고 갔습니다.

세상일에도 호미들고 나서는 손이 필요 할텐데 거기도 인력수급에
문제가 있어보입니다. 사람이 없습니다. 민주주의 콩밭에도 잡초가
여간아니지만 폭염의 밭에서 땀흘림 엄두가 나지 않는 모양
입니다. 개각이 있었다고요? 새삼스러울 것이 없어 보입니다.

때를 놓치면

비도 잦고, 외출도 잦고, 날씨 무덥고, 이래저래 밭일을 소홀히 했더니
콩밭이고 고추밭이고 잡풀이 무성해졌습니다. 자업자득입니다.
세상 이치도 꼭 그렇지요?
때를 놓치고 나면 뒷감당에 드는 품이 더 많아지는 법입니다.

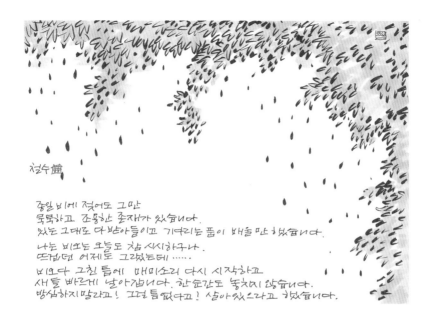

청수鹽

종일 비에 젖어도 그만
묵묵하고 조용한 존재가 있습니다.
있는 그대로 다 받아들이고 기다리는 품이 배출 만도 했습니다.
나는 비오는 오늘도 참 시시하구나.
뜨겁던 어제도 그랬었는데 ……
비오다 그친 틈에 매미소리 다시 시작하고
새들 빠르게 날아갑니다. 한순간도 놓치지 않습니다.
방심하지말라고! 그럴 틈없다고! 살아있으라고 했습니다.

살아 있으라고

비 오다 그친 틈에 매미 소리 다시 시작하고 새들 빠르게 날아갑니다.

한순간도 놓치지 않습니다.

방심하지 말라고! 그럴 틈 없다고! 살아 있으라고 했습니다.

이틀 풀을 베고 뽑았습니다. 밭골에 풀이 　　그득해 있습니다. 다행 비온 뒤끝이라 수월했지만, 풀도 자랄 만큼 자라서 쉽지는 않습니다. 사람키를 넘는 명아주와 비름의 밑동에 낫날을 박아넣을때는 꽤 힘을 넣어야 합니다. 한포기 놓치면, 수천의 씨앗이 밭에 쏟아지게 되는 셈이라 신경이 쓰입니다. 키작은 풀도 풀씨를 쏟아내기는 마찬가지지요. 낫을 갈아서, 낫날을 서슬 푸르게 만들어 들고 나가도 두어시간이면 무뎌집니다. 보드라운 풀잎에도 낫날을 무디게 하는 힘이 있습니다. 생명이 그렇지요. 싸우면서도 상대의 됨됨이에 감복한다고 할까? 그건 기분입니다. 사람의 이틀 수고로 하늘의 쉬지않는 힘을 이길 도리는 없었습니다. 패배는 각오 했지요.

풀베기

보드라운 풀잎에도 낫날을 무디게 하는 힘이 있습니다.
생명이 그렇지요. 싸우면서도 상대의 됨됨이에 감복한다고 할까?
그런 기분입니다.
사람의 이틀 수고로 하늘의 쉬지 않는 힘을 이길 도리는 없었습니다.

'이우'라는 짐승이 있다고 합니다. '이우' 안녕?
동물원에 있는 짐승은 아닙니다. 깊은 산중에는 있느냐고
물으시면 아니라고 해야겠습니다. 옛 이야기에 나오는
상상의 동물이거든요! 그러니까, 마음 속에는 있다고 말해도
되겠네요. 얼룩소도 그 이름으로 부른다기에 소를 닮도록
그려보았습니다. 꼬리가 날카로운 칼날 같아서 '이우'가
제 꼬리를 핥으면 혀에서 피가 흘러 나오게 된다는 겁니다.
제 피를 제가 핥으면서 '맛있다 맛있다'하느라, 제 목숨을
끊는 일인줄 모르고 죽도록 그 맛을 탐하는 어리석은 짐승
입니다. 아무래도, 우리들 사는 꼬락서니를 이야기하고 싶은
옛 선지식의 마음이 '이우'를 태어나게 했지 싶습니다.

이우

제 피를 제가 핥으면서 "맛있다 맛있다" 하느라,
제 목숨을 끊는 일인 줄 모르고 죽도록 그 맛을 탐하는 어리석은 짐승입니다.
아무래도, 우리들 사는 꼬락서니를 이야기하고 싶은 옛 선지식의 마음이
'이우'를 태어나게 했지 싶습니다.

동쪽창에 산죽이 올라와서
종일 들여다 보고 있습니다.
여름동창은 오전내내 해가 들어
방을 덥게하지요.
산죽으로 햇볕을 가리고 싶었는데
여름 다가고 이제사 가는 잎을
밀어올린 겁니다. 한마디 했습니다.
— 좀 일찍 서둘러 오시지!
— 지금이 그때인 걸요! 산죽의 대답.

산죽의 대답

산죽으로 햇볕을 가리고 싶었는데 여름 다 가고 이제야 가는 잎을 밀어올린 겁니다.

한마디 했습니다.

"좀 일찍 서둘러 오시지!"

"지금이 그때인걸요!" 산죽의 대답.

청수靑水

"동냥은 못줄 망정 쪽박은 깨지 말아야지!"
속담이지요? 낯익은 속담입니다. 속담에 담긴 마음풍경을
생각하면 슬퍼집니다. 사람은 어디까지 나빠질 수 있을까요?
쪽방촌을 인수해서 세를 받아 먹는 사람들. 사채를 주고 고리를
뜯어서 인생 막장으로 몰아넣는 사람들. 사람을 사고 팔고 ……
놀부 같고 뺑덕어멈 같다고 하면 될까요? 미흡하지요?
미흡합니다! 세상은, 흥보전·심청전의 시대에서 멀리 왔습니다.
더 가혹해졌지요? 더 무서워 졌습니다!
마른 수건을 짜듯 가슴을 쥐어짜서 제 뚝심을 채우는 사람들이
많습니다. 그런 사람들이 나라를 경영하겠다고 나서는 시대가
되었습니다. 뼈가 아픕니다. ─저들이, 저희가 무슨 짓을 하고 있는지
알지 못합니다. 기도라도 하고 싶은 심정입니다. 소용 없겠지만.

마른 수건 짜듯

사람은 어디까지 나빠질 수 있을까요?
쪽방촌을 인수해서 세를 받아먹는 사람들,
사채를 주고 고리를 뜯어서 인생 막장으로 몰아넣는 사람들, 사람을 사고팔고…….
놀부 같고 뺑덕어멈 같다고 하면 될까요? 미흡하지요?

의 손글씨:
내려오세요 이제! 그 자리는 허공에 맡겨두기도 하고, 내려오세요!
그 높고 황량한 자리에서 한 달이 넘었네요. 이제 되었습니다.
강에 박힌 거대한 이물질의 이름이 '다리'일 때만 해도 견딜만 했습니다. 하여튼 도하와 도강을 대신하는 소중한 수단이었지요.
'보'라고 부르는 댐 같은 구조물도 풍납할 수가 없습니다. 운하! 물통!
거대한 시멘트 물길! 그리고 강의 파탄! 자연의 실종! 참을 수 없었지요.
이물질이 가득한 강에서 삼복을 견딘 당신들과 환경운동가들과 시민들!
할 만큼 했습니다. 아무도 패배한 싸움이라고 하지 않을 겁니다.
'사대강 죽이기'에 찬성하고 동의하는 사람들도 있다고요? 믿을 수가
없습니다. 그러니 이제, 내려오세요. 땅들이 맞아드릴 게요. 내려오세요.

내려오세요, 이제

운하! 물통! 거대한 시멘트 물길! 그리고 강의 파탄! 자연의 실종!
참을 수 없었지요.
이물질이 가득한 강에서 삼복을 견딘 당신들과 환경운동가들과 시민들!
할 만큼 했습니다. 아무도 패배한 싸움이라고 하지 않을 겁니다.

정치권력이 정의와 공정 정직을 말할때 아무도 그말을 다 믿지 않습니다. 친서민·분배·복지를 말할때도 마찬가지.
반성·후회·숙고·죄송·사죄·사과 ……
너무 많이 들어서 지겨워지기도 했지만 모조리 비어말이라는걸 누구나 압니다. 말의 무덤이 생기고 있습니다.
조개무덤·돌무덤은 그렇지 않았는데 언어의 무덤을 상상하는 건 참담합니다. 말 값이 이렇게 폭락해서 어쩌지요?
말·글의 타락이 우리 마음의 반영일텐데 그건또 어떻게 하나요?

말의 무덤

조개무덤, 돌무덤은 그렇지 않았는데 언어의 무덤을 상상하는 건 참담합니다.

말 값이 이렇게 폭락해서 어쩌지요?

말, 글의 타락이 우리 마음의 반영일 텐데 그건 또 어떻게 하나요?

여름을 보내는 비가
아닌 모양입니다. 폭염과
비가 함께 있으니 아열대
가 따로 없습니다. 여름날   철수
하루에도 몇차례씩 내리는 비탓에 우산이 바빠졌습니다. 우산과
우비·장화는 비에 젖는게 제 몫입니다. 궂은일이라 오히려 크게
인사를 받기도 합니다. 적어도 비정규직은 아니라고 하네요!

우산, 우비, 장화

하루에도 몇 차례씩 내리는 비 탓에 우산이 바빠졌습니다.
우산과 우비, 장화는 비에 젖는 게 제 몫입니다.
궂은일이라 오히려 크게 인사를 받기도 합니다.
적어도 비정규직은 아니라고 하네요!

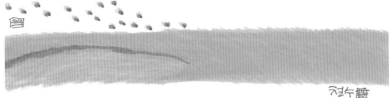

청수 🔲

날씨 무더운 덕분에 벼가 잘되었습니다.
좀 일찍 모심는 제 논의 벼는 마을에서도
입을 댈 만큼 이삭이 실합니다. 궂은비에
무거워진 이삭 탓에 쓰러지기 시작하는 벼를
보고 이웃에서 한마디하셨습니다.
"이집 벼는 너무 되서 쓰러지네!"
동네에서 제일 잘 되었다고, 할때나, 개꼬리
처럼 이삭이 탐스럽다고 할 때는 좋았습니다.
서둘러 잘 영근 벼이삭이면 다 좋을 듯 싶지만
세상일 무엇이나 좋기만 할 수는 없는가 보다
싶습니다. 그래서, '잘되서'가 아니라 '너무되어서'
라고 하셨나 봅니다. '너무' 말고 '적당히' 되었
으면 좋았을 걸 싶었습니다. 넘치지 않을 만큼!

너무 되어서

날씨 무더운 덕분에 벼가 잘 되었습니다.

좀 일찍 모 심은 제 논의 벼는 마을에서도 입을 댈 만큼 이삭이 실합니다.

궂은비에 무거워진 이삭 탓에 쓰러지기 시작하는 벼를 보고

이웃에서 한마디 하셨습니다.

"이 집 벼는 너무 되어서 쓰러지네!"

서로 보듬는 마음에서

철수 籠

" 새야 새야 파랑새야
녹두 밭에 앉지마라
녹두꽃이 떨어지면
청포 장사 울고간다. "

비 그친 틈에 다 여문 녹두콩을 땄습니다. 녹두콩은
검은 콩깍지를 쓰고 나옵니다. 다 여물기 전에는 초록빛
이었다가 다 여물면 검어지지요. 때 맞추어 따내지
않으면, 여느 콩과 마찬가지로 깍지가 벌어서 쏟아져
버리고 맙니다. 익으면, 따로서고 혼자서는 것 당연합니다.

다 여문 녹두콩

비 그친 틈에 다 여문 녹두콩을 땄습니다.

때맞추어 따내지 않으면 여느 콩과 마찬가지로 깍지가 벌어서 쏟아져버리고 맙니다.

익으면, 따로 서고 혼자 서는 것 당연합니다.

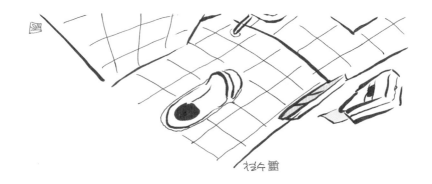

청수 籲

아들아!
오줌 눌때도 겸손해지면 안될까?
어떻게?
앉아서 오줌을 누는거지!
간단하잖아? 변기가 더러워지지 않는 비결이기도해!
오줌발은 실선이 아니고 점선이잖아! 파편이 튀어! 파편이!

실선이 아니고 점선

아들아!
오줌 눌 때도 겸손해지면 안 될까?
어떻게? 앉아서 오줌을 누는 거지!
간단하잖아? 변기가 더러워지지 않는 비결이기도 해!
오줌발은 실선이 아니고 점선이잖아!

무겁게 고개숙인 천평논에 가을볕이 쏟아져, 청수재
농익은 황색, 볏논이 그대로 장관입니다.
논이 물을 가두어 작은 댐 역할을 한다구요?
40Kg 생벼 한자루에 45000원도 안한다구요?
중요한 일이고, 분개할 일이지만, 그건 잠시
잊어버리고 싶었습니다. 오죽 좋으면 황금빛
이라고 했을까요? 그 눈부신 황색의 황홀에
오감을 맡기고 한참 서 있었습니다. 가을속에
깊이 들어갔다 나온 듯했습니다. 그위로, 짝을
이루고 날아다니는 잠자리떼도 장관이었습니다.

황금빛

오죽 좋으면 황금빛이라고 했을까요?

그 눈부신 황색의 황홀에 오감을 맡기고 한참 서 있었습니다.

가을 속에 깊이 들어갔다 나온 듯했습니다.

어제도 달빛이 좋더니, 그믐달도 환하게 밝습니다. 달이 좋은 밤,
환한 달빛에 대나무 그림자 소소하여 눈길을 끕니다. 바람결에
대잎사귀 드문드문 낙엽을 내려 놓는 가을입니다. 안될 것을 일찍
놓아버리는 대나무의 마음이나, 가을 어디에고 달빛을 뿌리는 달의 마
음에나 어두운 구석 없습니다. 그 마음 얻어서, 가을을 살게 되시기를……

그 마음 얻어서

바람결에 댓잎사귀 드문드문 낙엽을 내려놓는 가을입니다.
안될 것을 일찍 놓아버리는 대나무의 마음이나,
가을 어디에고 달빛을 뿌리는 달의 마음에나 어두운 구석 없습니다.
그 마음 얻어서, 가을을 살게 되시기를…….

김규수

모처럼 연필을 깎았습니다. 순하게 저를
덜어내면서 글씨를 쓰는 연필심이, 순하게
사는 사람과 이야기를 나누는 듯 편안하고
행복했습니다. 오래 변하지 않는 흑연의
연한 검정색도 그래 그런지 다정하게 느껴
집니다. 순하게 살아가기 어려운 세상따라
연필도 많이 약해지고 있었지요? 연필하고
자주 만나면 사람도 좀 순해질수 있을까요?

순하게

모처럼 연필을 깎았습니다.

순하게 저를 덜어내면서 글씨를 쓰는 연필심이,

순하게 사는 사람과 이야기를 나누는 듯 편안하고 행복했습니다.

오래 변하지 않는 흑연의 연한 검정색도 그래 그런지 다정하게 느껴집니다.

가을이 깊어갑니다. 벌써 밤이 많이 길어졌습니다.
마음이 어두워서 작은 초에 불을 붙였습니다.
그늘도 심지도 작아서 불빛도 희미합니다.
하지만 그 빛이 마음을 밝혀줄수는 없는 노릇이지요.
큰 밝음은 아침 되어야 오고, 마음의 어둠은 스스로
저 알아서 해결해야하는 평생 과제일 뿐입니다.
한로에 들에 나가보면 키작은 풀마다 서둘러 매단
열매를 마저 영글게 하느라 안간힘하는 것 보입니다.
해있는 동안 내내 가을풀앞에 부끄러웠습니다. 가을!

가을!

큰 밝음은 아침 되어야 오고,

마음의 어둠은 스스로 저 알아서 해결해야 하는 평생 과제일 뿐입니다.

한로에 들에 나가보면 키 작은 풀마다

서둘러 매단 열매를 마저 영글게 하느라 안간힘 하는 것 보입니다.

철수 ▦

곧 서리도 내리실거라니 미물들도 겨울채비에 들었
겠지요? 겨울잠 자는 짐승들은 가을열매며 뿌리식물
이며 크고작은 벌레와 동물들을 부지런히 삼켜서 긴
겨울을 견딜 준비하고 있을겁니다. 겨울 양식을 주워다
차곡차곡 쌓아두는 녀석들도 있지요? 사람도, 겨울을
쌓아서 준비하는 짐승에 해당 될듯합니다. 준비성
있는 사람은, 노경을 위해서도 참 많은 걸 쌓아 둡니다.
사회가 겨울 보다 오히려 차고 시린 것을 짐작하게 합니다.
야콘캐고, 파도 몇포기 헤쳐 보았습니다. 덩이파가 감자
만합니다. 솜씨가 모자란 탓입니다. 이번파는 「밤톨파」
라고 불러야겠다하고 아내와 웃었습니다. 겨울 양식입니다.

겨울 양식

사람도, 겨울을 쌓아서 준비하는 짐승에 해당될 듯합니다.

준비성 있는 사람은, 노경을 위해서도 참 많은 걸 쌓아둡니다.

사회가 겨울보다 오히려 차고 시린 것을 짐작하게 합니다.

손님들 더려가시고,
좀늦은 밭일 잠시하고 났더니 해가 저물었습니다.
수레 끌고 돌아오는 길에, 대문앞 논에 열댓마리 오리떼가 내
려앉은 것을 보았습니다. 빈논에 물을 대놓았더니 내려와서
먹이를 찾기 좋았던가 봅니다. 훼방하고 싶지 않았는터, 놀란
듯 논을 박차고 날아오릅니다. 인적 없을때 다시돌아오겠지요.
마음편히 배를채우지 못하고 잠드는 짐승들을 생각했습니다.

오리 떼

수레 끌고 돌아오는 길에, 대문 앞 논에 열댓 마리 오리 떼가 내려앉은 것을 보았습니다.
빈 논에 물을 대놓았더니 내려와서 먹이를 찾기 좋았던가 봅니다.
훼방하고 싶지 않았는데, 놀란 듯 논을 박차고 날아오릅니다.

가을에도 바삐 사시지요?
봐야 할 사람도 많고, 머러와야 할 데도 많습니다.
약속이 많아서 시간을 조개 쓰는 짐승은 사람밖에
없을 듯합니다. 그러는 사이에, 소소한 가을걷이를
해서 상자에도 담고 자루에도 넣어서 창고에 들여놓
습니다. 사람이 외면한 동안에도 쉬지 않고 자라서,
열매를 맺고 영글어가는 초록생명의 자기긍정 덕분에
가을은 언제나 풍성합니다. 자연이 태업이나 파업에
돌입하기로 하면 사람세상은 어떻게 될까요? 그럴
리는 없지만, 조건없이 주고 주고 생색내는 법도 없는
자연에 대한 예의와 감사는 할줄 알아야겠다 싶습니다.

초록 생명의 자기긍정

사람이 외면한 동안에도 쉬지 않고 자라서,
열매를 맺고 영글어가는 초록 생명의 자기긍정 덕분에 가을은 언제나 풍성합니다.
자연이 태업이나 파업에 돌입하기로 하면 사람 세상은 어떻게 될까요?

창고에 쥐가 들어서 대청소 하고, 쥐구멍을 찾아서 꼼꼼 하게 막았습니다. 부산스럽게 움직인 덕분에 창고가 가지런 해졌습니다. 이런 일 하다보면 내다 버릴 것이 생기기 마련 입니다. 솜이든 물건들은 쥐 가 쏠아서 꺼다 버리게 되었 습니다. 그 속에서 이십년 묵은 곰인형이 나왔습니 다. 한 스무해 쯤 전에 딸아이가 껴안고 다니 던 물건입니다. 저는 버리려고 두었는데, 아이가 다녀가면서 챙기는 것 보니 마음이 가는가 봅니다. 세탁 기에 넣어서 깨끗이 빨아 놓으니 인물이 훤해졌 습니다. 무정물도 그럴 때가 있는 법인데, 사람이야 오죽할까요.

스무 해 묵은 곰

저는 버리려고 두었는데, 아이가 다녀가면서 챙기는 것 보니
마음이 가는가 봅니다.
세탁기에 넣어서 깨끗이 빨아놓으니 인물이 훤해졌습니다.
무정물도 그럴 때가 있는 법인데, 사람이야 오죽할까요.

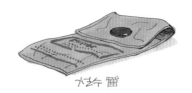

거리수 鹵

담배를 피우는 사람이라야 이 물건을 압니다.
'휴대용 재떨이'라고 하면 짐작이 가시겠지요?
길거리에 꽁초를 버리지 않는 최소한의 예의(?)는
지키겠다는 생각이 담겨 있는 물건입니다.
담배가 '공공의 적'으로 대접 받는 터라 애연가가
설 자리는 많이 좁아졌습니다. 싫다는 사람들
옆에서는 삼가기도 해야지요! 흡연 보다 터 질이나쁜
공공의 적들 에게는 '휴대용 죄떨이' 하나씩 들고
다니는 염치를 기대하면 어떨까 생각도 했습니다.

휴대용 죄떨이

담배가 '공공의 적'으로 대접받는 터라 애연가가 설 자리는 많이 좁아졌습니다.
싫다는 사람들 옆에서는 삼가기도 해야지요!
흡연보다 더 질이 나쁜 공공의 적들에게는,
'휴대용 죄떨이' 하나씩 들고 다니는 염치를 기대하면 어떨까 생각도 했습니다.

연세 많으신 수녀님께 손수 바느질하서서 만드신 열쇠주머니와
지갑을 받았습니다. 먼 이국땅에서 보낸 선물였습니다.
솜씨가 부끄럽다는 편지도 함께 있고, 각국 동전도 몇개
들었습니다. 침침한 눈으로 한땀씩 바느질하셨을것 생각
하면 송구스럽고, 동전칸에 넣을 동전을 뒤지시는 작은 방안
풍경을 생각하면 감각있으신 노수녀님의 은근한 눈웃음이 떠올
라 행복해 집니다. 여기서나 이국에서나, 세상의 그늘진 곳에
상처받고 사는 이들 과 함께하신 분입니다. 그마음을 우리에게
까지 나누어 주시다니! 죄송하고, 감사합니다. 귀하게 쓰겠습니다.

감사합니다

침침한 눈으로 한 땀씩 바느질하셨을 것 생각하면 송구스럽고,
동전 칸에 넣을 동전을 뒤지시는 작은 방 안 풍경을 생각하면
감각 있으신 노수녀님의 은근한 눈웃음이 떠올라 행복해집니다.

고마운 손들이 와주어서
왔지고 난 콩밭에서
몇꼬투리씩 벌어지는
콩대를 다 잘랐습니다.
베어낸 콩대는 텅빈
콩밭 한켠을 비워서
쌓았습니다.
비 오실 거라고 콩낟가리를
덮어 준 마음도 고마웠습니다.
가을 단풍구경도 좋을텐데

흙먼지 뒤집어쓰는 가을걷이에
새벽밥 먹고 나서준 이들이
몸으로 느낀 가을이 단풍구경
보다 좋았을까요? 일하면서,
두꺼비밥 먹고 막걸리 새참한번
나누어 먹으면서, 뭐어 그리 값은
이야기가 있었겠어요? 오색
단풍의 아름다움이 줄 설레임을
대신할 것 없었을 겁니다. 가을
이면 저 것로 맑고 투명해지는 물
처럼, 땀흘리며 일하는동안 단풍이
보다 더 값은 즐거움 얼으셨기 빌따름.

고마운 손들

가을 단풍 구경도 좋을 텐데
흙먼지 뒤집어쓰는 가을걷이에
새벽밥 먹고 나서준 이들이 몸으로 느낀 가을이 단풍 구경보다 좋았을까요?

들에서는 늦사과향이 속속들이 과육에 배어들고, 붉은 사과 빛깔이 갈수록 고와지는 가을, 절기는 입동을 바라보고 있습니다. 다 영글지 못하고 찬 바람을 맞는 열매들은 걸음도 마음도 바빠져 있을 겁니다. 그래야지요. 아직 조금 시간 있으니, 할수 있는 그만큼은 열심히, 부지런히, 향기롭고 아름다워져야지요. 그러시라는 가을입니다.

그러시라는 가을

다 영글지 못하고 찬바람을 맞는 열매들은 걸음도 마음도 바빠져 있을 겁니다.
그래야지요. 아직 조금 시간 있으니,
할 수 있는 그만큼은 열심히, 부지런히, 향기롭고 아름다워져야지요.

청수

서리 이미 내렸습니다. 절기도 상강입니다.
삼짇날 제비오고, 상강에 서리 내리는 것 보면, 옛사람들의
자연과 나누는 교감의 정도가 어느정도 인지 짐작이 갑니다.
초저녁에, 이미 서편하늘에 떠오른 달을 보았습니다. 동쪽하늘
로 오리떼가 날아가는 것도 보았습니다. 가을 달과 오리떼!
그림입니다. 낮게 나는 오리떼의 배 바닥을 보는 것도 농촌에
사는 각별한 즐거움입니다. 왜 그런 기분 있잖아요? 당신들
이건 재미를 알아? 하는. 옆에서 생각한 오리떼의 낮은
비행을 상상으로 그려보세요. 날씨 차가워지면 오리가 내려
온다는 말이 있지요? 눈에 다시 불을 채우고 있습니다. 오리방석으로!

가을 달과 오리 떼

초저녁에, 이미 서편 하늘에 떠오른 달을 보았습니다.
동쪽 하늘로 오리 떼가 날아가는 것도 보았습니다.
가을 달과 오리 떼! 그림입니다.
낮게 나는 오리 떼의 배 바닥을 보는 것도 농촌에 사는 각별한 즐거움입니다.

세상 사람들의 다채로운 삶도, 이렇게 —
정료 아름다운 조화를 이루는 가을 단풍처럼,
무위자연의 진경을 보여줄 수는 없는걸까?
잎 지기전 마지막 모습조차 아름답다고
하는 거고, 원숙하고 초탈한 아름다움에 대한
모독이지만, 세상살면서 품위있게 늙어
가기 어려운 인간들의 마음에 드리운 그늘
이라 생각하기로 하지요.
사계가 두루 아름다웠지만…….

가을 단풍처럼

잎 지기 전 마지막 모습조차 아름답다고 하는 건,

원숙하고 초탈한 아름다움에 대한 모독이지만,

세상 살면서 품위 있게 늙어가기 어려운 인간들의 마음에 드리운

그늘이라 생각하기로 하지요.

청수 印

감을 따내리느라 높은 사다리 메고 나갑니다.
감나무 꼭대기 감을 따려면 사다리 꼭대기에
위태롭게 올라서야 하지요. 그 끝에 올라서서
안 내려오려는 감을 억지로 따느라 감꼭지를
비틀어 당깁니다. ─백척간두가 곳곳이 있고,
마음끝이 곧 벼랑 끝인 것을 또렷이 알겠습니다.
죽음이 너무 많고, 죽음이 너무 흔한 사회에서
마음을 가르치는 데는 많지 않습니다.

꼭대기

백척간두가 곳곳에 있고, 마음 끝이 곧 벼랑 끝인 것을 또렷이 알겠습니다.
죽음이 너무 많고, 죽음이 너무 흔한 사회에서 마음을 가르치는 데는 많지 않습니다.

기형으로 태어는 아기처럼, 기형으로 자라 가을을 맞은
감도 슬픕니다. 모양의 다름만 있을뿐 꼼꼼게 깎으면
맛있는 감이기는 마찬가지지만, 더 익기 전에
버림 받기도 일쑤 쉽니다. 불운을 비관하지 않고
늦가을을 맞은 기형감을 깎아, 곶감 널어 말리는
채반에 잘 모셨습니다. 가을 수확의 소중한 일원
이라는걸 알려주고 싶었습니다. 조용히 익어가는
감의 얼굴에는 그늘이 보일리 없습니다. 편견이
많은 사람의 마음이 오히려 문제겠지요! 기형감이
제 위로를 뭐라하며 받았을지, 잠시 궁금합니다.

소중한 일원

불운을 비관하지 않고 늦가을을 맞은 기형 감을 깎아,
곶감 널어 말리는 채반에 잘 모셨습니다.
가을 수확의 소중한 일원이라는 걸 알려주고 싶었습니다.
조용히 익어가는 감의 얼굴에는 그늘이 보일 리 없습니다.

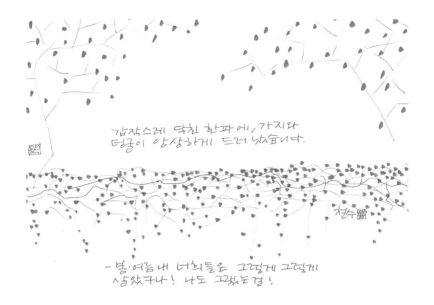

갑작스레 닥친 한파에, 가지와
덩굴이 앙상하게 드러 났습니다.

천수 [낙관]

― 봄·여름 내 너희들은 그렇게 그렇게
살았구나! 나도 그랬는걸!

그렇게 그렇게

갑작스레 닥친 한파에, 가지와 덩굴이 앙상하게 드러났습니다.
봄, 여름 내 너희들은 그렇게 그렇게 살았구나! 나도 그랬는걸!

쌀이 남아돈다지요? 그래서 가축 사료용으로 팔아버린다지요? 수입쌀도 있어서 국내산 쌀이 더 많이 남게 된다는 이야기도 들었습니다. 북녘동포들 저렇게 굶주린다는데, 술빚고 과자 만드는 것도 아니고, 짐승들에게 먹인다고요? 꼭 그래야 하는 걸까요? 대문 앞 논에서 분얼을 끝내고 무성하게 자라는 벼 포기를 바라봅니다. 길만 있다면, 저기서 영근 나락이라도 실어다 주고 싶던데, 퍼다 주면 평화와 화해가 조금은 넉넉해 질텐데, 그걸 마다하고 갈등과 긴장을 조성하는 사람들은 무슨생각 하고 있는 걸까요?

쌀

대문 앞 논에서 분얼을 끝내고 무성하게 자라는 벼 포기를 바라봅니다.

길만 있다면, 저기서 영근 나락이라도 실어다주고 싶던데,

퍼다 주면 평화와 화해가 조금은 넉넉해질 텐데,

그걸 마다하고 갈등과 긴장을 조성하는 사람들은 무슨 생각하고 있는 걸까요?

갑작스러운 추위 탓에 김장 배추다 무우가 동해를 입었을 듯 합니다. 배추 떡잎은 절여 놓은 것 처럼 시들었습니다. 속 까지 못쓰게 되지는 않았을 겁니다. 무우는 바람 들면 못쓴다고 아내가 혼자 나가서 다 뽑아놓은 모양입니다. 수레 끌고 가서 실어다 주고 싶지만 마음 뿐입니다. 다 늦은 저녁에, 보여 줄게 있다며 들어오는 아내 손에 이렇게 생긴 무우가 들려 있네요. 재미있게 생겼다며 웃습니다. 따로 묻지 않았지만 요령껏 무우를 들여 놓았을 겁니다. 이 없으면 잇몸이라고 했었던가요?

이 없으면 잇몸

무는 바람 들면 못쓴다고 아내가 혼자 나가서 다 뽑아놓은 모양입니다.

수레 끌고 가서 실어다 주고 싶지만 마음뿐입니다.

다 늦은 저녁에, 보여줄 게 있다며 들어오는 아내 손에 이렇게 생긴 무가 들려 있네요.

걸수 [印]

'친일인명사전'이 발간 되었습니다.
너무 늦었습니다. 충분치도 못합니다.
그래도, 다행입니다.
굴욕의 시대-어린학생들, 이제 노련
굴욕의 시대-아직 끝나지 않았습니다.
'친일 인명 사전'이 발간 되었습니다.

친일 인명사전

'친일 인명사전' 이 발간되었습니다.
너무 늦었습니다. 충분치도 못합니다.
그래도, 다행입니다.

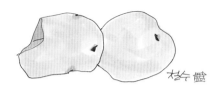

모과를 잊고 있었습니다.
뒤란에 모과를 입동껏 잊고 있었습니다.
문득 생각이 나, 찾아가 보니,
모과들 대부분 땅위에 내려와 있습니다.
떨어지며, 무서웠을까?
행복한 귀의였을까?
입동의 뒤란에 모과덩이들 준비합니다.
사람도 무덤자리가 마지막 자리일 수
없는 것처럼, 향기로운 모과의 마지막
귀의처도 거기 일리 없습니다.
모과도 거기서 다시 길떠나고 있습니다.

거기서, 다시

모과를 잊고 있었습니다.

뒤란에 모과를 입동껏 잊고 있었습니다.

문득 생각이 나 찾아가보니, 모과들 대부분 땅 위에 내려와 있습니다.

떨어지며, 무서웠을까? 행복한 귀의였을까?

후배네서, 살림잘하시는 부인이 담근 탱자술을 얻었습니다.
달포 되었을까? 이제 노랗게 우러난 탱자술 빛이 곱습니다.
술꾼이라면 뚜껑을 열고 싶어 안달하겠다 싶습니다.
사람은, 탱자뿐아니라 온갖걸 다 걷어다 술을 담그고 기다려
진액을 취하려 듭니다. 산삼·더덕·삼모사·구렁이·산딸기·더덕
송이·머루·오미자·구기자·하수오 …… 다적으려면 엽서가 모자
라겠습니다. 그렇게, 몸에(?)좋다는 이유로 단물·진국을 뽑아
먹는 통에, 술단지 안에서 절망에 쩌는 생명들이 줄비합니다.
음식이 곧 몸이라니, 좋은것 먹고 세상에 득될일 많이하시기를……

음식이 곧 몸

후배네서, 살림 잘하시는 부인이 담근 탱자술을 얻었습니다.

달포 되었을까?

이제 노랗게 우러난 탱자술 빛이 곱습니다.

술꾼이라면 뚜껑을 열고 싶어 안달하겠다 싶습니다.

늦은 저녁에 택배가 왔습니다. 집이 비어
시내에 나갔다가 다시 왔다고 했습니다.
무거워 보이는 상자를 들고 오는걸 거들지
못해 미안스러웠는데, 표정도 지친 듯
보이고 입성이며 초라해서, 입치레로 하는
'수고하셨다'하는 인사가 혼자생각해도 험거웠습니다.
함께 한시대를 살면서, 누구는 너무 힘겨운 삶을 살아야 하는건
참 마음 불편한 일입니다. 그래서 세상이야기하게 되는 거지요.

마음 불편한 일

늦은 저녁에 택배가 왔습니다.

무거워 보이는 상자를 들고 오는 걸 거들지 못해 미안스러웠는데,

표정은 지친 듯 보이고 입성이며 초라해서,

입치레로 하는 "수고하셨다" 하는 인사가 혼자 생각해도 험거웠습니다.

어둠속에서 보았지요. 속도에 살해당한 죄없는 짐승의
생생한 사체! 내일이면 남루해질 테지!
야생의 짐승으로가 아닌 애완·반려의 동물로 태어 났다가,
사람한테서 버림 받고나면, 아스팔트 위에서 난데 없는
죽음에 이르기 십상입니다. 긴 조문하지 못하는건, 나역시
속력에 몸을 싣고 있는 탓입니다. 바르게 흘러가는 싸늘한
초겨울 풍경속에 죄없이 죽은 작은 짐승만 있는게 아니지요?
세상의 모든 가난, 세상에 수많은 불우가, 깊은 어둠속에 죽어
익명으로 흘러가고 있습니다. 우리들 눈에 띄지도 않은채로 ……

깊은 어둠 속에

야생의 짐승으로가 아닌 애완·반려의 동물로 태어났다가,

사람한테서 버림받고 나면, 아스팔트 위에서 난데없는 죽음에 이르기 십상입니다.

긴 조문 하지 못하는 건, 나 역시 속력에 몸을 싣고 있는 탓입니다.

올해는, 작은 한뼘쯤 되는 옥수수를 함께 심었습니다.
여늬 옥수수처럼 푸짐한 맛은 없지만, 간식거리로
가볍게 먹기에는 괜찮습니다. 아내가 씨를 얻어
심었다는데 따서 삶아먹어 보니 맛도 괜찮습니다.
"당신 이 옥수수 너무 좋아하네요?" 아내 말입니다.
"옥수수 과하게 좋아하는거야 무슨 잘못이겠어요.
루이비똥도 아니고……"
농담이라고 한게 참 썰렁해졌습니다.
아내와 옥수수 몇대 삶아 먹으며 즐거워하는 삶이
그대로 참 좋은데, 정말 좋은데, 설명할 수도 없고……
또 썰렁해 진거지요? 여하튼 옥수수 맛있었습니다.

그대로 참 좋은데

"당신 이 옥수수 너무 좋아하네요?" 아내 말입니다.
"옥수수 과하게 좋아하는 거야 무슨 잘못이겠어요. 루이비똥도 아니고……"
아내와 옥수수 몇 대 삶아 먹으며 즐거워하는 삶이
그대로 참 좋은데, 정말 좋은데, 설명할 수도 없고……

가을 깊어가는 날 , 은행나무 두 그루 마주선
자리가 가깝지 않아도, 서로 무관하지도
서로 무연하지도 않아서 서로 보듬는다.
서로 보듬는 마음에서, 꽃이 피고 은행알이
생겨 이 가을 결실이 금빛찬란하다.
가을 오후, 조금씩 인색해져서 더 소중하게
느껴지는 석양볕 아래서, 은행나무의 노래를
듣는다. 이 세상이, 사람 사는 사회가 하냥
부끄럽다. 사람의 마음안에 가을 석양의
보자기만큼한 보듬음조차 깃들어 있지 않으니 ……

가을 깊어가는 날

은행나무 두 그루 마주 선 자리가 가깝지 않아도,

서로 무관하지도 서로 무연하지도 않아서 서로 보듬는다.

서로 보듬는 마음에서, 꽃이 피고 은행 알이 생겨 이 가을 결실이 금빛 찬란하다.

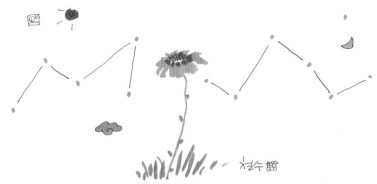

가을 깊어 지도록 꽃을 보았습니다. 작은 꽃 한 송이 피우려고
하늘과 땅에 속한 수많은 힘들이 다 거들었다는 건 잘
아시지요? 햇볕과 비와 바람 뿐아니라 달과 별과 흙속
의 거름기와 땅위의 벌레들 조차 힘을 보태서 꽃을 피우고
열매를 맺게 하지요. 꽃이 시들어 말라 흙으로 돌아가는
마지막 길에도 내내 하늘과 땅에 속한 그 힘을 버리지 않을
도리가 없습니다. 깊고 오묘한 '관계'를 생각하게 합니다.

깊고 오묘한 관계

작은 꽃 한 송이 피우려고 하늘과 땅에 속한 수많은 힘들이
다 거들었다는 건 잘 아시지요?
햇볕과 비와 바람뿐 아니라 달과 별과 흙 속의 거름기와 땅 위의 벌레들조차
힘을 보태서 꽃을 피우고 열매를 맺게 하지요.